시골은 그런 것이 아니다

INAKA GURASHI NI KOROSARENAI HO
by MARUYAMA Kenji

Copyright ⓒ 2008 MARUYAMA Kenji
All rights reserved.
Originally published in Japan by ASAHI SHIMBUN PUBLICATIONS, INC., Tokyo.
Korean translation rights arranged with MARUYAMA Kenji, Japan.
through THE SAKAI AGENCY and IMPRIMA KOREA AGENCY.

이 책의 한국어판 저작권은 THE SAKAI AGENCY와 IMPRIMA KOREA AGENCY를 통해
MARUYAMA Kenji와 독점 계약한 (주)바다출판사에 있습니다.
저작권법에 따라 한국 안에서 보호를 받는 저작물이므로 무단전재와 무단복제를 금합니다.

시골은 그런 것이 아니다

마루야마 겐지

고재운 옮김

바다출판사

차례

당신이 도시 생활을 접고 여생을 시골에서 살아 보고 싶어 하는 마음은 잘 압니다.

오직 모순 덩어리인 이 잔혹한 세상에서 살아남기 위해 수십 년이라는 긴 세월에 걸쳐 타협에 타협, 인종(忍從)에 인종을 했습니다. 악전고투하며 너무나도 반인간적이고 굴욕적인 도시 생활을 어쩔 수 없이 해 왔습니다. 몸도 마음도 갈기갈기 찢기고, 혼마저 너덜너덜해진 시점에서 간신히 정년을 맞습니다. 인생의 전부였던, 가정보다 더 절실한 공간으로 여겼던 직장에서 완전히 내몰렸습니다. 이런 상황에 대해 세상은 마치 새로운 희망으로 다시 빛을 볼 것 같은 '인생 2막'이니 뭐니 떠들어 댑니다. 새장이나 형무소에서 풀려난 것 같은 멋진 후반생이 열린 양 기대하게 합니다. 추상적이고 입에 발린 겉치레 소리입니다.

　이런 치유와 구원의 색으로 치장된 눈속임에 혹해 제대로 생각해 보지도 않고 혹독한 현실에서 일껏 길러 왔을 엄한 척도를 단숨에 내던져 버립니다. 이런 생활은 참된 것이 아니다, 자신이 바라던 것과는 너무 다르다며 잠 못 이룹니다. 이런 막연한 고민 끝에 그야말로 무모하고 경솔한 판단을 내리고 맙니다.

　그런 안이한 생각에서 출발한, 본전도 찾기 힘들 정도로 위험한 인생 계획에 소중한 퇴직금이며 얼마 남지 않은 여생을 통째로 쏟아 붓겠습니까. 저는 시골에서 자랐고, 도시에서 시골로 다시 돌아와 살고 있습니다. 꽤 오래되었습니다. 그래서 시골의 겉과 속을 잘 압니다. 시골에 관한 잡지나 TV 프로그램에서는 결코 다루지 않는, 아니 다룰 수 없는 충고를 해 드리겠습니다. 조금만 귀를 기울여 주시기 바랍니다.

　이런 참견과 쓸데없는 걱정을 하게 된 것은 헤엄을 못 치는 사람이 급류를 건너려고 할 때처럼 호되게 실패와 좌절을 맛볼 게 불 보듯 뻔하기 때문입니다. 더는 다시 일어설 수 없을 정도로 만신창이가 되어 맥없이 다시 도시로, 그것도 거의 무일푼으로 돌아가는 신세가 될 테니 말입니다. 훨씬 더 밑바닥 삶을 강요당하는, 후회뿐인 비참한 '인생 2막'을 맞는 경우가 너무 많기 때문입니다.

일, 일, 일로 세월을 보내는 중압적인 날들. 화가 나고 속이 터지는 인간관계. 안정과 맞바꿔 잃어버리고 만 자유와 존엄성. 생각처럼 되지 않는 육아. 지치고 지쳐 무미건조한 부부 사이. 콘크리트 정글에서 쉴 새 없이 일어나는, 제정신으로 한 짓이라고는 생각되지 않는 범죄와 비극. 성공한 일부 사람만이 좋은 추억으로 간직할 수 있는, 현란한 허식의 공간. 노예와 마찬가지인 내 몸, 너무나 더러워진 공기에 냄새나는 수돗물. 높은 인구 밀도에서 야기되는 깊은 고독감. 온갖 소음이 하루 종일 뒤엉켜 내는 굉음의 폭풍. 언젠가 반드시 닥쳐온다고 연이어 떠들어 대는 대지진에 대한 공포….

이런 부정적인 조건들에서 비롯되는 끊임없는 스트레스를 단숨에 해소하려고 벌컥벌컥 술을 들이켜고 니코틴을 빨아 대 흉해진 건강치 못한 육체와, 그 추한 육체로 상징되는 성인병과, 병 저 너머에 또렷이 보이는 비참한 죽음….

퇴직을 기회로 이런저런 역겨움을 전부 뭉뚱그려 남김없이 퇴치해 버리자, 독립된 인간의 자리와 인간다운 진정한 삶을 되찾자는 초조함이 일순간 몰려옵니다. 그러다 어느 날 느닷없이 거의 발작적으로 시골에서의 슬로 라이프가 뇌리에 번뜩입니다. 그것은 곧바로 심금을 울리고, 지칠 대로 지쳐 있는 뇌를 완전히 지배합니다. 어차피 짧은 인생 하고 싶은 대로 하는 거야, 지금부터는 살고 싶은 대로 살아 보는 거야 하는, 반쯤 자포자기한 듯한 혼잣말이 순식간에 현실이 되어 갑니다. 그 꿈 외에는 아무것도 보이지 않고, 그 때문에 주위 사람들의 일리 있는 충고를 모두 흘려듣습니다. 아니면 비위를 맞추는 조금 부러워하는 말에 부화뇌동해 마치 천국이라도 발견한 듯한 흥분과 기쁨에 들뜹니다. 사회의 거친 풍파에 시달려 분별력과 상식을 충분히 갖추고 있을 법한 어엿한 어른이 시골 생활을 실천하는 방향으로 단숨에 빠져 들어가는 것입니다.

그런 당신에게 나의 말은, 도움이 전혀 안 되고 오히려 해만 주는 대중매체의 충고와는 분명히 다를 것입니다. 한편 그 충고는 당신이 인생에서 처음으로 한 멋진 결단에 찬물을 끼얹은 것임도 분명합니다. 소설가라면서 도무지 꿈이 없는 녀석이라든지, 인간에 대한 애정이 현저히 결여된 삐딱한 인간이라든지 하는 반감 어린 몇 마디를 내뱉으며 책을 읽다 탁 덮고 내동댕이쳐 버릴 당신 얼굴이 눈에 선합니다. 전혀 읽지 않은 셈으로 칠 얼굴 말입니다.

하지만 당신이 완고하게 거부하며 듣지 않으려 하든, 잊은 척 하려고 하든, 편견이 도가 지나치다고 매도를 해 오든 할 말은 분명히 해야겠습니다.

왜냐하면 저는 부동산 중개업자가 아닐 뿐만 아니라, 인구가 계속 줄어들기만 하는 지역에 상황은 개의치 않고 이주자를 무리하게 끌어들여 활성화를 꾀하려는 행정 관계자도 아니기 때문입니다. 또한 비뚤어진 향토애에 얽매여 진실한 모습을 외면하는, 낙히 시야가 좁은 어리석은 사람도 아니기 때문입니다.

1장

어떻게든 되는 시골 생활은 없다

시골 생활은 어느 날 문득 찾아온 열병처럼 당신의 마음을 온통 사로잡기에 충분합니다. 혹 당신은 도시에서 누리지 못한 모든 것을 시골에서 얻을 수 있다는, 그야말로 망상에 가까운 환상을 품고 있지는 않은가요.

주어지는 정보를 흡수하기에도 벅차고 늘 수동적인 당신의 머릿속은 도피라는 악취를 물씬 풍기는, 비현실적인 수많은 인상으로 가득 차 있지는 않은가요.

당신은 도대체 시골이란 곳을 얼마나 깊이 파악하고 숨겨진 정보를 얼마큼 얻고 나서 그렇게 대담하고 유치한 결단에 이른 것인가요.

외국으로 이주하는 것이 아니라 기껏해야 열차로 몇 시간, 비행기로도 한두 시간 거리에 있는, 언어가 통하고 같은 가치관과 문화, 법률 속에서 살고 있는 사람이 모이는 국내라는 공간이기 때문에 거창하고 심각하게 생각할 필요가 없다고 깔보는 것은 아닌가요.

요컨대 생각보다는 행동이 우선이라는 판단으로, 가면 어떻게든 되겠지 하고 너무 만만하게 생각하고 있지는 않은가요.

만약 그렇다면, 돌이킬 수 없는 실패와 좌절에서 벗어나기란 일단 불가능하다고 할 수 있습니다. 같은 나라에 사는 같은 인종이기 때문이라는 불충분한 근거야말로 장밋빛 꿈에 부푼 당신의 인생 2막을 붕괴시키는 결정타가 될 수밖에 없습니다.

어딜 가든 삶은 따라온다

도시에서 현실은 분명 혹독했습니다. 시골 또한 도시 이상입니다. 결코 안도할 수 있는 곳이 아닙니다.

한가로운 전원 경치며 향수를 불러일으키기에 충분한 조그마한 산마을 풍경에는 도시와 다른 종류의 원시적인 스산함이 무수히 감추어져 있습니다.

동서고금의 철학자·신학자도 다루기 힘든 요컨대, 부조리투성이인 현세에 몸을 두고 있는 한 힘들고 벅차기 그지없는 현실에서 벗어날 방법이 없다는 것입니다.

누구나 알고 있을 법한, 아주 상식적인 인생의 본질을 어째서 당신은 시골 생활을 떠올리자마자 쏙 잊고 말았을까요.

답은 간단합니다.

홀로서기 정신의 부족. 이것 외에 다른 이유는 없습니다.

어디에서나 통하는 당당한 학벌을 갖추고, 그리 쉽사리 쫓겨나지 않을 안정된 직장을 얻었습니다. 사회

일원으로서 부족함이 없는 보통의 가정을 꾸리고, 두세 명의 자식이 무사히 보금자리를 떠나는 것도 보았습니다. 그다지 큰 어려움 없이 퇴직을 맞이한 반평생입니다. 살아가는 일에 있어서만은 나름대로 자신 있는 당신으로서는 홀로서기 정신이 있네 없네 하는 말이 아주 의외로 들릴 것입니다. 마치 지금껏 살아온 인생과 인격을 정면에서 부정당한 듯해 틀림없이 분개할 것입니다.

하지만 질책을 무릅쓰고 다시 한 번 묻습니다. 당신은 진정 홀로서기를 한 사람입니까.

당신 같은 사람한테 그런 소리 들을 이유 없다고 저를 마구 나무라기 전에 이 질문을 자신에게 던져 보십시오. 오해하지 말고 진지하게 말입니다.

부모에게 의존하고, 학력에 의존하고, 직장에 의존하고, 사회에 의존하고, 국가에 의존하고, 가정에 의존하고, 술에 의존하고, 경제적 번영의 시대에 의존하면서 이럭저럭 수십 년을 살아오지 않았습니까. 홀로 설 기회를 그때마다 잃고, 그저 공부나 일을 하면서 겪은 혹독함 정도를 인식하고 있을 뿐입니다. 사실 당신은 자신에게서, 세상으로부터 도피하고 또 도피해 온 것은 아닐까요.

그리고 도망칠 수 있는 길이 아주 많은 운 좋은 시대

에 태어나 몸을 맡길 수 있었던 것은 아닐까요.

그렇지 않다면 시골로 이주하는 일을 그렇게 안이하고 분별없이 발작하듯이 받아들일 리가 없습니다. 실은 현실이 어떤지, 세상이 어떤지, 이 세상 삶이 어떤지 거의 모르고 알려고도 하지 않은 건 아닐까요. 한 사람의 성인이 몸으로 익혀 두지 않으면 안 될 조건을 그저 지식으로만 머릿속에 채워 둔 것에 지나지 않을지도 모릅니다.

그래서 직장이라는 후원자를 빼앗긴 당신은 자신의 판단만을 강요받는 진정한 어른의 처지로 내몰리자 그런 어린애 같은, 너무나 허술하기 짝이 없는 발상에 휘둘리고 만 것은 아닐까요.

사나이의 낭만이라는 둥 동심을 잃지 않은 어른이라는 둥 진부하면서 케케묵은, 반자립적인, 참으로 부끄러운 말들로 아무리 약점을 감추려 한들 호된 되갚음을 피하기란 불가능합니다.

2장

경치만 보다간 절벽으로 떨어진다

과연 당신의 전반생이란 도대체 무엇이었을까요.

동물이 아닌 인간으로서 격을 조금이라도 높인 삶이었습니까. 말하자면 다른 사람이 흘리는 이상한 정보에 전혀 흔들림 없이 홀로 판단하고 결단하며 자신이 할 수 있는 일은 스스로 해낼 수 있는 사나이의 삶이었습니까.

어쩌면 당신에게 '인생 2막'은 전반생에서 얻지 못한 홀로서기 정신을 되찾기 위한 시련의 장으로서 준비되어 있는 것은 아닐까요. 또한 그래야만 되는 것이 아닐까요.

이미 살 만큼 살았다. 할 만큼은 했다. 하다가 남긴 일은 하나도 없다. 더는 도저히 힘쓸 기운도, 생각도 없다. 이제는 지긋지긋하다. 앞으로는 편안하게, 온갖 성가신 일에서 벗어나 느긋하게, 다른 사람은 물론이고 스스로에게도 신경 쓰지 않고 좋아하는 일만 하고 아름다운 것에만 눈을 돌리며 조용히 보내고 싶다. 나한테는 그렇게 선언할 만한 자격이 있고 그만큼 공적도 쌓았다.

과연 정말로 그럴까요. 당신의 능력을 하나도 남김없이 다 발휘했을까요.

이런 질문과 의문은 늘 당신 마음 깊숙한 곳에 자리하고 있는 또 하나의 당신에게 던지는 것입니다.

실제로는 뇌의 20퍼센트밖에 쓰지 않음으로써 다양한 재능과 가능성을 잠재우고, 그 물렁물렁한 육체와 마찬가지로 정신 또한 단련하지 않은 게 아닌가요. 세상의 기준에 비추어 보면 그럭저럭 괜찮지만 실은 나태한 세월을 보내 왔다고 하는 편이 옳은 답은 아닐까요.

그렇지 않다면 현실 도피의 전형으로밖에 생각할 수 없는 시골 생활을 막연히 꿈꾸다 제대로 검토도 하지 않은 채 실행에 옮기려는 일은 없지 않을까요.

스스로를 속이지 마라

만약 당신이 능력을 남김없이 발휘하면서 살아왔다면, 그리고 홀로서기를 한 어른으로 60세를 맞이했다면, 이후의 인생 목적이나 삶의 보람 등을 마음에 명확하게 품고 있을 것입니다.

직장을 그만두고 천천히 생각하겠다. 당분간은 목적을 생각하지 않겠다. 좀 쉬고 즐기면서 차츰차츰 결정해 가겠다. 여기저기 문화센터를 돌아다녀 보고서 기호에 맞을 만한 취미를 찾아보겠다. 패키지여행으로 외국에 나가 나를 찾는 여행을 시작해 보겠다. 대학 동창회에 얼굴을 내밀어 예전의 마냥 좋던 시절의 친구가 어떻게 사는지 참고해 보겠다.

혹시 이런 생각밖에 떠오르지 않는다면 그것은 분명 홀로서기를 하지 못하고 빈둥빈둥 허송세월만 보냈다는 결정적인 증거일 수밖에 없습니다.

새장에서 풀려나 자유의 몸이 되었을 때, 생애에 걸쳐 추구하고 전력할 일이나 취미가 있어서 곧바로 그것들로 옮겨 갈 수 없다면 지금껏 헛되고 무의미하게 살아왔다고밖에 할 수 없습니다.

요컨대 시골 생활을 실천하는 데에도 목적이 확고해야 한다는 것입니다. 공기가 맑으니까, 자연이 아름다우니까, 인정 많은 사람들과 어울리고 싶어서 등등의 동기가 전부라면 그만두는 편이 좋다는 뜻입니다. 나중에 후회할 게 뻔합니다.

유기농 야채를 길러 보고 싶어서, 도예를 시작해서 자신이나 배우자가 쓸 그릇을 만들어 보고 싶어서, 젊었을 때부터 꿈꿨던 서핑을 하거나 전자악단 결성을 해 보고 싶어서, 펜션을 운영하면서 마음씨 고운 사람들과 어울리고 싶어서, 국숫집이나 민속주점을 열고 싶어서 등등.

이런 종류의 동기 또한 좌절을 맛보기 십상입니다. 머지않아 싫증나고 말, 너무나 얄팍하고 현실을 무시한 '사이비 목적'에 지나지 않습니다.

이런 쓴소리에 아마 당신은 이렇게 반론할 것입니다.

하지 않았을 때의 후회가 일을 저질렀을 때의 후회보다 훨씬 막심하리라.

지금까지는 소극적으로 살았으니 적어도 앞으로는 적극적으로 살고 싶다. 그러려면 무엇보다 주저하고 두려워하는 나쁜 습관을 극복하지 않으면 안 된다.

이건 다른 사람도 아닌 내 인생이기 때문이다. 하고 싶은 대로 하자. 결과를 책임질 각오는 돼 있다.

언뜻 보기에 그럴싸한 이런 대담성과 자신감은, 하고 싶으니까 한다고 억지를 부리는 유치함에서 비롯된 것입니다. 배우자뿐만 아니라 전 가족에게 막대한 폐를 끼칠 수 있습니다. 아주 비싼 값을 치르는 충동구매와 다를 바 없는, 어리석고 어리석은 짓에 지나지 않습니다.

직장인이라는 굴레를 벗었을 때의 해방감이 사라지자 당신은 적절히 판단할 수 없는 '혼란스러운 인간'이 되고 만 것입니다. 제동 장치도 조향 장치도 후진 기어도 없는, 위험하기 그지없는 광란의 자동차로 변한 것입니다.

남은 인생이 짧으니 살고 싶은 대로 실컷 살지 않으면 손해다, 어차피 죽을 목숨인데 즐기고 싶은 만큼 즐기자, 이런 자포자기의 악취가 풀풀 나는 말에 선동되어 포장이 아주 잘된 도시의 도로에서 진창과 요철과 붕괴가 일상다반사인 시골길로 나서 보려는 것입니다.

별 차이 없는 길이리라 우습게 여기고는, 일반 타이어에 진동을 흡수하는 힘이 약한 완충기를 그대로 장착한 채 고속도로에서 달리던 속도로 흥얼거리며 돌진하려는 것입니다.

또 자연의 멋진 경치에 넋을 잃어 다른 곳에는 전혀 주의를 기울이지 않습니다. 전방의 급커브를 돈 지점에서 갑자기 길이 끊기고 그 앞에 깊이를 알 수 없는 절벽이 기다리고 있을지도 모르는데….

3장

풍경이 아름답다는 건
환경이 열악하다는 뜻이다

망망대해나 아찔하게 높은 봉우리들을 한눈에 볼 수 있는, 전망 좋은 고지대라는 이유로 그저 그 조건이면 되었다고 생각해서 그 땅으로 정했습니까.

　아니면 고목이나 우람한 나무들이 에워싸고, 사계절 꽃들이 흐드러지게 피고, 계절마다 새들이 지저귀는 소리가 넘쳐나는, 동화 속 무대 같은 울창한 숲이기 때문입니까.

　그것도 아니면 순박하고 인정 많은 현지 주민들이 서로 기대어 조용하고 검소하게 살아가는 훈훈한 풍경에 그곳이 치유의 공간이 되리라 생각해서입니까.

　그런 당신이 꼭 알아 두어야 할 것이 있습니다. 자연이 아름답다는 것은 뒤집어 말하면 생활 환경으로는 가혹하다는 의미입니다. 바다도 산도 숲도 강도 그것이 아름다울수록 일단 비위를 건드렸을 때에는 본색을 드러낼 가능성이 크다는 뜻입니다. 혹독하고 위험하기 때문에 그림 같은 풍경으로 다가오는 것입니다.

자연의 성깔을 알아야 한다

　여행자가 아닌 도시에서 이주한 당신은 더는 아름다움을 감상하는 처지에 있지 않습니다. 좋든 싫든, 때로

29

는 몸을 부지런히 움직여 자연의 위협과 싸우지 않으면 안 될 전사여야 하는 것입니다. 현지 주민들은 그런 자연의 속성을 몸으로 알아 자연에 아름다움을 느끼기 전에 먼저 경외심을 품습니다. 자연을 놀이터가 아닌 생활의 장으로 깊이 인식합니다. 결코 당신처럼 허울뿐인 감동에 젖으면서 하루하루를 보내지는 않습니다.

주민들은 대대로 거듭되어 온 수많은 희생 덕에 자연의 무언가를 온몸으로 받아들이고 있습니다. 그곳에서 사는 이상 가장 안전하고 편리하다고 여겨지는 땅에 터전을 마련하여 살고 있습니다. 말하자면 그곳 이외의 토지는 단순히 불편한 것이 아니라 도시 사람으로서는 상상도 할 수 없는 종류의 재해를 입을 위험성이 너무 크다는 뜻입니다.

전망이 좋은 고지대에다 햇볕이 잘 드는 경사진 남향이라는 부동산 중개업자의 말에 홀려 선택했다가 어처구니없는 참극에 휘말리기도 합니다. 암벽 붕괴나 산사태가 일어나 목숨을 잃을 가능성이 더 클 수 있습니다.

산에서 솟아나는 물이 필지 안으로 흘러드는 조건이 마음에 들고, 도시에 사는 친구를 초대했을 때 자랑이라도 하고 싶어 그곳에 살게 되면 토사류에 휩쓸려 변을 당할 우려가 있습니다.

토사류라면 제법 큰 하천에서 발생하리라 생각할지 모르지만 실제로는 평소 졸졸대는 그야말로 실개천이라고도 볼 수 없는 작은 개천에서도 생깁니다. 그것도 상류에서 대량의 토사가 단번에 흘러들어 목가적인 풍경을 송두리째 뒤덮을 정도의 위력으로 들이닥칩니다.

아름답다고 좋은 곳이 아니다

자연에서의 현실이란 것을 잘 몰랐던 젊은 시절, 몰래 눈여겨 둔 별장지가 있었습니다. 높은 지대에서 바라본 전망은 아름다운 아즈미노(나가노현에 있는 도시)에서도 각별했습니다. 그곳에 집을 짓고 살면 구름 위에서 생활하는 기분이 들지 않을까, 집필 의욕이 솟구쳐 생각대로 소설을 쓸 수 있지 않을까 하는 어설픈 기대에 사로잡혔습니다. 그 앞을 지나갈 때마다 팔리지 않는 소설가라는 사실에 비애를 느끼고, 그런 내 운명이 실로 원망스러웠습니다.

그러던 어느 해였습니다. 호우라고 하긴 뭣한 비가 제법 많이 내린 다음 날, 그곳에 가 보았습니다. 급경사면을 따라 이어진 일대의 도로가 유출된 토사에 파묻혀 불도저가 출동해 있었습니다. 기초 부분이 훤히 드러난, 디자인이 세련된 주택도 몇 채인가 보였습니다. 수도관이 뜯겨 나간 곳도 있었습니다. 그때만큼 가난한 제 처지가 고마웠던 적은 없습니다.

초겨울에 상황을 살피러 갔을 때에는 별장지라는 인상을 강조하기 위해 심은 수많은 자작나무마저 약한 눈을 견디지 못해 휘어져 있었습니다. 줄기가 아예 부러져 있기도 했습니다. 개발해서 이제 막 내놓은 토지가 이 지경이니 10년, 20년 지나는 동안에 어떤 재해에 휘말릴지 모른다는 사실을 통감하지 않을 수 없었습니다.

만약 당신이 땅값이 싸다는 점에 눈이 멀어 곧바로 사기로 결정하고 말았다면 이는 중대한 실수가 아닐 수 없습니다. 도시 땅값과 비교하면 분명 믿을 수 없을 정도로 쌉니다. 하지만 현지 시세를 감안하면 턱없이 비싼 가격으로 바가지를 씌운 것입니다. 그리고 현지 주민인 파는 사람 입장에서 그런 땅은 실제로는 헐값도 안 쳐 주는, 경작지로 부적합하고 자연재해를 입을 확률이 큰 위험한 택지입니다.

그 증거로, 만약 당신이 그 땅을 되팔 때 산값은커녕 5분의 1 이하로 내려도 팔리지 않고, 언제까지고 그 상황에 처하고 맙니다. 요컨대 사기는 해도 팔 수는 없는, 부동산 가치가 제로인 땅을 손에 넣은 꼴이 됩니다.

어떻게든 살 사람을 찾고 싶다면 친구나 아는 사람을

속이는 비열한 인간이 될 각오를 해야 합니다. 그곳으로 이주했을 때 당신의 심경과 똑같은, 도시에 사는 어수룩한 상대를 찾는 수밖에 없습니다.

4장

텃밭 가꾸기도 벅차다

또 한 가지 잊지 말아야 할 것은 나이를 먹는다는 점입니다.

이 중요한 문제를 전혀 조건에 넣지 않고 시골 생활을 꿈꾸는 사람이 너무나 많다는 사실에 정말이지 놀라지 않을 수 없습니다. 영생이라도 누릴 수 있다고 생각하는 것일까요.

취미로 하던 등산이 이제는 사는 보람으로까지 발전하여 마침내 산이 많은 곳으로 이사를 합니다. 그리고서는 자신만만했던 체력을 앞세워 근처의 봉우리들을 모조리 답파하려 합니다. 이런 자세를 믿음직스럽게 보는 사람은 기껏해야 배우자 정도입니다.

1년에 몇 번, 많아야 한 달에 한 번 등산을 하는 것으로는 쇠약해져 가는 육체를 단련하지 못합니다. 도리어 역효과만 낳을 수 있습니다. 그런데도 자꾸 산에 오르려고 하는 것은 노인들이 흔히 저지르는, 분수를 모르는 어리석은 짓에 지나지 않습니다.

그렇게 계속 무리하면 얼마 안 있어 조난이라는 쓰라린 경험을 하게 될지 모릅니다. 그것도 그다지 힘들다고 할 수 없는 코스 어느 지점에서 기력이 다해 장애인이 되기도 하고 최악의 경우 돌아올 수 없는 사람이 되기도 합니다. 최근 이런 일이 끊임없이 일어나고 있습니다.

등산 같은 힘든 운동이 아니라 이를테면 텃밭을 가꾸는 정도의 작업을 하는 데에도 체력이 상당히 필요합니다. 등산은 약해져만 가는 허리며 무릎에 큰 부담을 주기 때문에 1년이 지나지 않아 등산을 포기하거나 아예 정상적인 보행이 불가능해지고 만 예도 무수히 보았습니다.

농부가 괜히 있는 게 아니다

등산은 물론이고 농사도 얕보면 안 됩니다. 농민들이 오랜 시간 물 흐르듯이 척척 일을 해낼 수 있는 것은, 어릴 적부터 육체노동으로 단련해 온 강인한 다리와 허리로 힘을 잘 배분해 전혀 무리를 하지 않는, 실로 효율적인 일머리를 몸에 익혔기 때문입니다. 좋아하는 야채를 길러 먹으려고 재미 삼아 괭이를 드는 수준이라면 괜찮습니다. 하지만 60세가 넘어 처음으로 농사일을 시작해 보겠다는 것은 너무나 위험한 발상입니다.

물론 농약을 쓰지 않는 유기농법 등에 집착하지 않는다면 누구나 야채를 기를 수는 있습니다. 당신이 처음에 각오했던 만큼 어렵지는 않습니다. 처음 수확한 야채를 식탁에 올렸을 때, 지금까지 살아오면서 거의 느껴 본 적 없는 감동에 젖습니다. 농경민족으로서 본능이 깨어나 피가 꿈틀거리고 환희에 찰 것입니다. 이것이야말로 시골에서 꿈꿨던 이상적인 삶의 모습임을 실감합니다.

하지만 다른 감동과 마찬가지로 그것도 그리 오래가지는 않습니다. 농작물의 이모저모를 얼추 이해하게 된 단계에서 순식간에 빛이 바랩니다.

우선 너무 많이 거둔 야채가 고민거리가 됩니다. 매일 아침저녁으로 수확해야 하는 일에 진절머리가 나고 말 것입니다. 소금에 절이고 된장찌개에 넣고 다른 것에 곁들여도 다 먹어 치울 수가 없습니다.

도시라면 가까운 이웃에게 나눠 줄 수라도 있을 텐데 주변이 죄다 농가이다 보니 아까워도 버릴 수밖에 없습니다. 먼 곳에 사는 친구나 아는 사람에게 떠넘겨 버리는 방법도 있습니다만 운송비가 장난이 아니어서 이것 또한 좌절됩니다.

이왕이면 여러 야채를 먹고 싶다는 생각에 다양한 품종을 소량으로 기르기로 마음먹습니다. 실제로 해 보면 너무 힘듭니다. 야채마다 성질이 달라 기르는 방법이 다르기 때문입니다. 물의 양이며 잘 맞는 흙이며 일조량 등이 모두 달라 한 밭에서 기를 수가 없습니다.

간신히 출하 단계에 이르더라도 수입으로 연결하려는 생각은 꿈에도 해서는 안 됩니다. 야채의 형태를 띠었을 뿐 맛, 크기, 양 등에서는 시장이 요구하는 수준에 한참 못 미칩니다. 그 수준에 이르려면 목숨이 모자랄 수도 있습니다.

후계자가 거의 없어 무료로 빌려 쓸 수 있는 농지는 널려 있습니다. 밭을 잡초나 잡목으로 황폐하게 만들고 싶지 않기 때문에 흔쾌히 빌려 줄 것입니다. 농지를 살 수도 있습니다.

하지만 농업을 본격적으로 시작하는 일은 신중하게 결정해야 할 문제입니다. 텃밭을 가꾸는 기쁨 저 너머에, 광대한 농지 저편에, 당신이 그토록 갈구하는 멋진 인생이 기다리고 있으리라는 안이한 발상은 피해야 합니다.

농촌의 인구가 왜 그렇게 줄어드는지 한번 생각해 보십시오. 당신이 멋지게 생각하는 삶을 왜 젊은이들이 저버리고, 당신이 기피하는 도시로 떠나선 정년퇴직해서도 돌아오지 않을까요.

그것은 농사일이 고되고, 채산에는 맞지 않으며, 고령자의 체력으로는 도저히 감당할 수 없다는 현실을 익히 잘 알고 있기 때문입니다. 이런 점을 전혀 이해하지 못한, 완전히 초보자인 당신의 안이한 생각만으로 성공할 수 있는 일이 아닙니다.

산나물 채취나 계곡 낚시만 하더라도 실제로 해 보면 당신이 상상하는 것 이상으로 힘이 듭니다. 온갖 위험이 도사리고 있다는 사실도 절감할 것입니다.

산나물 찾는 데에만 정신이 팔려 땅만 보고 다니다 산속에서 헤매고 맙니다. 분명 속속들이 알고 있던 산이 오른쪽, 왼쪽도 분간할 수 없는 미지의 공간으로 바뀝니다. 우왕좌왕하는 사이에 해가 지고, 체력은 바닥납니다. 밤이 깊어질수록 체온이 떨어져 119구조대에 발견되었을 때에는 이미 몸이 식어 있었다는 사건도 아주 많습니다. 그뿐만 아니라 새끼를 거느린 곰과 딱 마주쳐 죽기 직전에 가까운 중상을 입고 만 사람도 있습니다. 식용 버섯과 거의 구별이 안 되는 독버섯을 먹어 지방신문 사회면 한구석을 장식한 사람도 있습니다.

구급차 기다리다 숨 끊어진다

폭우로 인한 산골짝의 거센 물, 낙석은 물론, 독사·독충·말벌 등에 해를 입을 가능성도 있습니다. 그런 일을 늘 경계하는 현지 주민도 때로 피해를 입는데, 하물며 신참이 입을 피해는 가히 짐작이 갈 것입니다. 대자연의 품에 안겨 그 숨결을 느끼고, 풍부한 오존이며 이온에 둘러싸여 천연의 혜택을 입고 있는 듯이 취해 있으니 말입니다.

집에 틀어박혀 좋아하는 독서에 빠지고 싶다, 좋아하는 음악에 젖고 싶다는 바람만 하더라도 막상 실천하려면 온갖 장애에 부딪힙니다. 눈이 많이 내리는 지역이면 제설 작업을 해야만 합니다. 태풍이 잦은 지역이면 태풍이 올 때마다 나름의 대응을 하지 않으면 안 됩니다. 뉴스거리도 안 될 정도의 작은 재해도 자신들이 처리하지 않으면 안 됩니다. 지역 행정기관에 연락하면 그것으로 만사 해결인 도시와는 비교가 되지 않는 불편함을 경험할 것입니다.

그리고 시골 생활에 급속도로 지쳐 어느 날 느닷없이 픽 쓰러졌을 때 구급차를 부른다고 다 해결되는 것이 아닙니다. 지리적인 문제로 구급차가 당도하기까지 상당한 시간이 걸려 구할 수 있는 목숨도 구하지 못하는 불행한 경우가 결코 적지 않습니다. 설사 운이 좋아 목숨을 건지더라도 간병해야 하는 배우자가 받는 스트레스가 보통이 아닙니다. 병원이 너무 멀기 때문입니다. 결국 둘 다 입원하는 일이 생길 수 있습니다. 무사히 퇴원을 할 경우 이번에는 통원이 문제입니다. 병원을 오가는 데 거의 하루가 걸려 피로가 점점 쌓입니다.

그 바람에 또 다른 병에 걸리고 만 사람도 있습니다.

의료 수준도 너무 낮습니다. 의사들이 시골을 떠나는 일이 늘어 병원 자체가 없어져 버리기도 합니다. 우수한 의사가 즐비하고 최신 의료 기기와 청결한 병실을 완비한 도시의 병원과 이렇게 다를 수 있나 싶어 충격을 받게 될 것입니다. 어디라고는 할 수 없습니다만 별하고 가장 가까운 마을에 있는, 천국에 가장 가까운 병원이라는 자학적인 우스갯소리를 이따금 들을 정도입니다.

여하튼 나이만 먹어 가는 후반 인생을 시골에서 보내려면 그에 상응하는 각오가 필요합니다. 거의 야생동물의 최후 같은 죽음을, 말하자면 길에서 쓰러져 죽음을 맞이할 수도 있다는 정도의 결의는 가져야 할 것입니다.

이러한 덧없는 죽음을 자연이 변모하는 일부로 받아들여 미소를 지으며 이 세상을 하직할 수 있는 경지에 이른다면, 당신의 시골 생활은 제격을 갖추고 자연 속 생활의 진수도 맛볼 단계에 이르렀다고 할 수 있습니다.

5장

지쳐 있을 때 결단하지 마라

정년퇴직은 당사자의 체력, 기력, 능력 등을 무시한 일방적인 기한 종료입니다. 당신은 어쩔 수 없이 혹은 기쁜 마음으로 그 일을 접었을지 모릅니다. 그렇다고 정년퇴직으로 인해 당신이 빈털터리 처지나 이제 막 취직해 한 사람 몫도 못하는 새내기로 돌아간 것은 아닙니다.

당신은 맛이 다한 차가 아니다

직장을 떠난 후에도 당신은 여전히 노하우가 많은 숙련된 일꾼입니다. 그 귀중한 능력을 고스란히 살려 다시 취직을 하면 다행입니다만 유감스럽게도 좀처럼 생각대로 되지 않는 게 현실입니다. 단지 당신은 고령자 대열에 합류했다는 이유로 재능을 썩히게 됩니다. 아직 한창 뭔가를 할 수 있는 인생을 질질 끌고 가야 한다는 것은 슬픈 일입니다.

그래서 모든 것을 접고 시골에 틀어박히기로 마음먹는 것은 정말로 괜찮을까요. 당신은 벌써 여러 번 우려내 맛과 향이 다한 차 같은 존재인가요.

오랜 세월을 거쳐 축적해 온 그 귀한 지식과 경험과 기술과 인간관계를 몽땅 하수구에 버리고 마는 식의 삶은 순수함과는 분명 다릅니다. 아무런 감동을 주지 못합니다. 실로 아까운 일이라고 생각합니다. 애석합니다.

시골로 거처를 옮겨 지치고 지친 심신을 충분히 쉬게 하고픈 마음은 아니다만 그런 피로야 반년쯤 쉬면 바로 사라집니다. 다시금 일하고픈 의욕이 솟구칩니다. 그때 당신이 아직 도시에 있다면 재기할 기회는 시골에 비해 얼마는지 있습니다. 그런 의미에서도 가장 지쳐 있을 시기에 중대한 결단을 내리는 일은 피해야만 합니다.

설사 급하게 시골로 이주했다 치더라도, 의지와 지혜만 있다면 도시인다운 발상으로 새로운 일을 개척할 수 있을지 모릅니다. 시골로 왔다고 해서 당신이 그 전까지 가졌던 전부를 버리고 무리를 해서까지 모든 것을 시골 상황에 맞출 것은 아닙니다.

그런 점을 깨닫고, 퇴직 전에 하던 일을 혼자 그대로 꾸려 가는 직접적인 방식이 아니라 좀 더 간접적이고 유연한 아이디어로 시골에 적합한 작은 사업을 벌여 궤도에 올린 똑똑한 사람도 있습니다. 이것이야말로 진정한 인생 2막이라고 할 수 있지 않을까요.

그런가 하면 유행이 이미 지났는데도 펜션 운영에 뛰어들어 퇴직금을 모두 날렸을 뿐만 아니라 거액의 빚까지 짊어진 사람도 있습니다. 펜션은 밑천이 너무 많이 들기 때문에 설령 잘된다 한들 자신의 대에서는 본전도 뽑기 어렵습니다. 게다가 펜션이라는 그럴싸한 이미지에 홀려 결단을 내려서는 안 됩니다. 일만 봐서는 그야말로 숙박업이라는 사실을 한시도 잊지 마시길.

대부분 시골 사람은 그곳에서 나고 자랐기 때문에 그 땅의 매력을, 눈앞에 펼쳐진 보물을 전혀 의식하지 못합니다. 말하자면 넓은 세상을 상대로 했을 때 무엇이 팔 만한 물건인지 모릅니다. 또한 대대로 그랬듯이 변화에 무감하고 발견과 개발의 기쁨과는 인연이 먼, 아주 소박한 삶을 이어 가는 일밖에 생각하지 못합니다. 아니, 생각조차 시도하지 않습니다. 그래서 도시에서 흘러든 윤택한 자금과 우수한 인재가 영양가 있는 부분을 통째로 가져가는 광경을 그저 바라만 봅니다.

내친 김에 말씀드리면, 시골에서는 서민 기질을 실로 생생하게 목격할 수 있습니다. 당신은 그 노골적인 모습에 기겁을 하고 문화적인 충격도 받을지 모릅니다. 그들은 강하고 힘 있는 사람에게 전적으로 매달리고, 때로 신과 부처 같은 것에 의지하며 살아가는 일밖에 모릅니다. 당신은 이상하리만큼 보수적이고 윗사람에게 굽실거리는 이들에 둘러싸였을 때 놀라 심지어 버럭 화를 낼지도 모릅니다. 하지만 그런 것들이 어떤

사람들을 구성하는 특질이기도 하다는 사실을 깨닫고
는 아연해질 것입니다.

당신의 가난은 고립무원이다

남은 연금과 퇴직금을 헤아려 보았을 때 죽을 때까지
유유자적한 시골 생활이 가능하리란 계획은 어디까지
나 계산상의 예측이지 실제로 그대로 되는 법은 거의
없습니다. 빨라야 1년, 길어도 몇 년 안에는 그것이 얼
마나 어리석은 설계도였는지 깨닫게 될 것입니다.

수입이 없는 경우, 수중의 자금이 줄어드는 속도는
당신 예상을 훨씬 뛰어넘습니다. 처음에는 그토록 실
감나던 경제적 여유가 순식간에 무너지고 위기감이 해
마다 깊어집니다. 손을 쓰지 않으면 안 될 단계가 되고
서야 다시 일어나 뭔가를 시작하려 하지만 체력은 이
미 바닥나 있습니다. 더욱이 어느 은행도 상대해 주지
않습니다. 결국 여생을 소모하는 길로 빠져들 수밖에
없다는 비참한 결론을 내리게 됩니다.

자영업이 아니더라도, 설령 자신 있는 분야의 일이
아니더라도 일단 취직이나 했으면 하는 유연한 자세로
일자리를 찾기 시작해도 그런 자리를 얻을 확률은 극히

낮습니다. 다양한 직종이 넘쳐나는 도시에서도 고령자를 고용해 줄 직장은 극히 적다고 하는데, 일자리가 절대적으로 모자라는 시골에서야 말해 뭣하겠습니까.

왜 전국 각지의 시골에서 젊은이들과, 아직 한창 일할 나이인 중년층이 사라져 갔을까요. 어째서 노인들만 남아 버린 것일까요.

그것은 일자리가 너무 적기 때문입니다.

지방자치단체에서 실행하는 공공사업에 참여해 적은 돈이나마 손에 쥘 수 있었던 때도 있었지만 세금 낭비가 문제시되고부터는 이런 일도 급속히 끊기고 있습니다. 지방은 지방이 노력해서 수익을 내라는 단호한 정책 탓입니다.

지금껏 정부는 지방 사람들을 시키는 대로 하게끔 길들이기 위해 억지로 자립의 길을 막고 한없는 응석받이로 만들어 왔습니다. 그런데 뿌릴 돈이 없어지자 느닷없이 약육강식, 적자생존의 논리를 들이대면서 어른이 되기를 요구합니다. '어른아이'가 갑자기 어른이 될 리 없다는 사실을 잘 알고 관계를 끊어 버린 것입니다. 먹잇값이 감당 안 된다고 해서 지금껏 길들여 온 동물을 들에 내버린 것이나 마찬가지입니다. 그 동물은 제 힘으로는 먹이를 찾지 못해 굶어 죽을 게 뻔합니다.

도시에 사는 고령자라면 아직 빈틈없는 행정 서비스

덕에 구조의 손길을 받을 가망이 있지만 시골에 사는 고령자, 게다가 외지에서 들어온 사람은 거의 고립무원의 상황에 내몰리고 맙니다.

경솔한 생각으로 시골로 이주하면 그런 처지가 되고 만다는 정보를 사전에 간파해 두어야 했습니다만 무슨 이유에서인지 당신은 그런 중요한 점을 파악하는 일에 게을렀고, 어쨌든 그런 현실에서 눈을 돌려 버린 것입니다.

사이비 종교인들에게 당신은 봉이다

시골에 집을 지어 이주한다는, 자금만 있으면 간단히 실현할 수 있는 꿈을 이루었다는 사실에 흡족해하지만 그 성취감은 오래가지 않습니다. 머지않아 당신은 정신이 마비된 것 같은 허탈감에 빠질 것입니다.

이럭저럭하는 사이에 생각은 물론이고 몸도 꿈적 못하는 얼빠진 사람이 되고 맙니다. 그래서 정년 전에는 이것도 하고 싶다 저것도 하고 싶다며 그토록 끓어넘치던 인생 2막 계획이 어느새 사라집니다. 그러고는 하는 일 없이 세월만 보내는 날들이야말로 내가 바라던 꿈이 아니었을까, 게으름이야말로 자유의 상징은 아닐

까 하는, 자기변호에 불과한 얄팍한 말들에 점점 빠져
듭니다.

　자신을 한없이 너그러이 받아들여 주고 듣기 좋은 말
만을 바라는 당신 같은 사람들이 세상에는 얼마든지
있습니다. 욕심 많고 간교한 사이비 종교인들이 이런
사실에 주목합니다. 종교라는 위엄과 권위를 배경 삼
아 하찮고 속물적인 당신에게 관록을 계속 붙입니다.
그런 당신일지라도 전혀 개의치 않습니다, 웃고 살면
틀림없이 행복해질 수 있습니다 하는, 무책임하고 듣
기 좋은 말만 하며 탐욕스런 장사를 되풀이합니다.

　그들에게 당신은 봉이나 다름없습니다. 그러나 그
러한 자각도 없이, 아니 그것을 깨닫는 것이 두려워 설
탕과자처럼 잠시의 위안밖에 되지 않고 마음만 좀먹어
가는, 쓰레기 같은 최악의 언어에 중독되고 맙니다. 인
간으로서 존엄과 긍지와는 도무지 거리가 먼, 짐승만
도 못한 존재가 되어 버립니다. 그런데도 성불한다는
환상에 매달려 실로 참혹하고 꼴사납게 생애를 끝내
가는 것입니다.

술을 마시는 건 인생을 도려내는 일

그런 당신의 발목을 잡는 것이 또 있습니다.

그것은 술입니다.

술에 의존하는 현상은 집에서 하루 종일 빈둥거리는 것이 몸에 밴 사람에게서 두드러지게 나타납니다. 기분만 내키면 아침부터 마셔 대는 잘못된 생활을 하다 보면 어느 순간 알코올 의존증자가 되어 있습니다. 아니, 이미 직장인 시절에 그렇게 되고 말았을지도 모릅니다.

과도한 음주는 당신 얼굴을 망가뜨려 갑니다. 입을 벌린 채로 있는 일이 많아 표정이 흐리멍덩해집니다. 도깨비 얼굴을 닮아 가면서도, 도깨비 같은 예리함은 어디에서도 찾아볼 수 없습니다. 급기야 정신이 망가졌음이 얼굴 전체에 드러나기에 이릅니다.

칠칠치 못한 모습을 남들 앞에서 추스르지도 못하게 된 당신은 "세상에 술만 한 게 없다"느니, "술을 못 마시게 되면 이미 죽은 거나 마찬가지"라느니, "이름을 날린 문인들은 하나같이 술을 사랑하지 않았느냐" 하면서 딴청을 피웁니다. 그러다가 어느 추운 아침 혹은 밤에 찬 욕실에서 돌연한 상황이라고 할까, 당연한 결과라고 할까 뇌혈관이 터져 버립니다. 그대로 죽으면 그만이지만, 운 좋게 살아남았을 경우에는 반신불수가 되어 생이 한순간에 지옥으로 바뀝니다.

술은 약이 아니라 독입니다.

술은 우리 편이 아니라 적입니다.

술은 이성과 지성을 마비시키고 건강을 갉아먹으며 사람을 사람이 아니게 만드는 마약 같은 이상한 액체입니다.

적당한 선에서 그만둔다고는 하지만 매일 마시면 의존증자가 될 확률이 커집니다. 술을 좋아하는 사람은 만사를 제쳐 놓고 일단 술 앞에 딱 멈추어 섭니다. 알코올 바다 저 멀리에 있을 계획이요, 목적이요, 삶의 보람이요, 창조요, 이념인 대륙을 본정신으로 바라보지 못합니다. 생각과 의지가 충분해도 말입니다. 때로 불현듯 그쪽으로 몇 걸음 내딛지만, 다시 술을 입에 대는 순간 그 생각과 의지는 물거품이 되어 버립니다. 온갖 변명을 대고는 결국 어제와 하나도 다를 바 없는 하루를 지루하게 보냅니다.

매일 술을 마실 수 있게 된 것은 고작 수십 년 전부터입니다. 그전에는 기껏해야 명절이나 관혼상제 때, 마을 행사나 축하할 일이 있을 때 마셨습니다. 당시 사람들 사진을 보면 눈이 빛나고 날카롭습니다. 야무진 인상을 주고 살아 보려는 기개로 충만합니다. 하지만 지금 당신 얼굴은 그와는 정반대입니다. 아무것도 하지 않고, 아무것도 할 수 없습니다. 그래서 살아 있는지 아닌지도 느껴지지 않는, 애처롭기 그지없는 흉한 몰골로 바뀌어 있습니다.

담배가 얼마나 해로운지에 대해 말하는 의사는 얼마든지 있지만 어찌된 일인지 술에 대해 그렇게 말하는 의사는 극히 적습니다. 그것은 어쩌면 술에 정신을 빼앗겨 술 없이 못 사는 의료 관계자가 많고, 주조업 출신 정치인이 많기 때문일지 모릅니다. 담배를 지나치게 피워 행패를 부렸다든지, 파렴치하게 행동했다든지, 교통사고를 일으켰다든지 하는 이야기는 없는데도 담배만 공격 대상으로 삼는 것은 불합리하지 않나요.

참고로 말씀드리면 저는 술도 마시지 않고 담배도 금연운동이 한창 벌어지기 훨씬 전에 끊었습니다. 그래서는 사는 재미가 없지 않느냐는 말을 누차 들어 왔습니다. 저는 정색하고 반론했습니다만, 술로 마비된 뇌로는 이해할 수 없으리라 여겨 더는 상대하지 않았습니다. 하지만 속으로는 술에 기대지 않으면 훨씬 더 재미있고, 진정한 즐거움을 느낄 수 있으며, 인생이 한층 더 깊어져 삶의 진수를 맛볼 수 있다고 중얼거렸습니다. 그러고는 곤드레만드레 취한 자신의 모습을 아내와 아이들이 어떤 눈으로 보고 있을지 생각한 적은 있느냐고 물었습니다.

술을 끊지 않는다는 것은 스스로 인생의 절반 이하를 도려내 버리는 일이나 다름없습니다. 3분의 1 이하일지도 모릅니다. 이것이 제가 술을 마시지 않는 이유입니다.

당신이 술을 좋아하게 된 것은 아닙니다. 어디까지나 당신 몸이 술을 갈구하고 술 없이 살 수 없는 지경에 빠져 있을 뿐입니다.

요컨대 당신은 의지가 없는 거나 마찬가지인 상태가 되어, 인간도 동물도 아닌 기괴한 존재로 변해 버렸다고 할 수 있습니다.

6장

고독은 시골에도 따라온다

술 이외에도 당신 심신을 갉아먹는 것이 또 있습니다. 그것은 고독입니다.

정년퇴직으로 구속에서 해방되어 자유를 만끽할 수 있는 것도 겨우 몇 개월입니다. 어느 날 아침 눈을 뜬 후, 당신은 돌연 말로 표현할 수 없는 고독감에 휩싸여 시달릴 것입니다.

출소한 범죄자나 새장에서 풀려난 새의 심정입니다. 바깥세상으로부터 완전히 차단된 것 같은, 몸 둘 곳 없는 이 처지는 과연 무엇일까. 이런 의문이 순식간에 커져 저녁 무렵에는 감당할 수 없는 지경에 이릅니다.

어느 새인가 사회로부터 완전히 소외되고 말았다는 사실을 깨닫고는 신세를 한탄하게 됩니다. 아무리 술을 마셔 본들 위로가 되지 않고, 마실수록 고독감만 깊어져 머지않아 공포감마저 몰려옵니다.

그리고 다음 날에는 사회에서 전혀 필요로 하지 않는 쓸모없는 인간이 되고 만 것은 아닐까 하고 의심하기 시작합니다. 일주일도 지나지 않아, 죽음을 기다리는 거나 마찬가지 아닌가, 무료함과 고독에 시달리다 죽게 되는 것은 아닐까 하는 절망적인 결론에 이릅니다. 이후 괴롭기 그지없는 날들이 계속되어 심한 우울증에 걸리고, 그것을 방치하다 자살로 내몰리는 경우도 있습니다.

외로움 피하려다 골병든다

인류 전체가 약한 것은 아닙니다.

홀로서기를 시도하는 과정에서 스스로를 단련하지 않은 인간만 그렇습니다.

쾌락을 좇고 탐하다가 혹독한 현실의 망망대해로 내던져진 인간만이 금세 죽는 소리를 합니다.

우울증에 걸리기 바로 직전에 어쩌면 당신은 고독한 상황에서 벗어나게 해 줄지도 모를 자원봉사 활동을 떠올릴지 모릅니다. 아직도 사회에 공헌할 힘이 남아 있음을 보여 주기 위한 절호의 길을 찾고자 하는 것입니다. 그 방법의 하나로 사기성이 짙고 실속 없는 정보만 난무하는, 실체가 거의 없는 인터넷의 세계에서 지푸라기라도 잡는 심정으로 자원봉사 할 곳을 구하기도 합니다.

하지만 당신이 새로 거처를 마련한 그곳은 시골이지 도시가 아닙니다. 일과 마찬가지로 재미와 충족감, 성취감, 선행의 보람 등 자신이 원하는 조건에 딱 맞는 자원봉사 활동이 그리 쉽게 찾아질 리 없습니다.

그러기는커녕 자원봉사라는 것이 뭔지도 모르는 곳일지 모릅니다. 다행히 이상과는 거리가 멀지만 그럭저럭 정열적으로 몰두할 만한 활동을 발견했더라도 막상 시작해 보면 실로 미심쩍기 그지없을 것입니다. 세상과 사람을 위하는 양 교묘하게 위장한 사기꾼 집단 같은 비영리법인에 이용당해 파죽음이 될 때까지 혹사당할 수 있습니다.

그럼 할 수 있는 일부터 시작해 보자 합니다. 이를테면 이웃 노인들을 돌보는 일부터 해 봅니다. 제초 작업을 돕고, 눈을 치워 주고, 시내 병원까지 모시고 다녀오고, 말벗이 되기도 하는 수수한 일부터 착수합니다. 무리하지 않은 아주 자연스러운 일인데도 대부분 그리 길게 하지는 못합니다.

그 노인들은 시가지에서는 살 자신이 없어 그 땅을 떠날 수 없고, 더욱이 고향을 떠난 뒤 돌아오지 않는 아들딸들에게서 반쯤 버림받은 상태입니다. 얼마 안 있어 당신의 친절이나 도움을 당연한 것으로 받아들일 것입니다. 감사의 마음을 표현하면서도 점차 낯이 두꺼워져 이것도 해 줬으면 좋겠다, 저것도 해 줬으면 좋겠다며 점점 더 부탁을 하고, 업어 주면 안아 달라는 식으로 응석이 버릇처럼 굳어집니다.

불행하게도 당신은 이런 시골 노인들이 이따금 쓰는 수법을 알지 못합니다. 애써 눈물지으며 오로지 동정심에 호소하는 너무나 빤한 연극에 속아 넘어갑니다. 당신은 어떤 우는 소리에도 냉정하게 대응하는 법을 기르지 않았기 때문에, 물러서려야 물러설 수 없고 거절하려야 거절할 수 없게 됩니다. 결국은 몸이 몇 개라도 부족한 상황에 내몰리고, 육중한 피로감에 도저히 견디지 못할 정도가 되어서야 문득 정신을 차립니다. 그러나 그때는 이미 부리기 좋은 심부름꾼 혹은 사람 좋은 허드레꾼, 좀 더 심한 경우에는 머슴에 버금가는 처지에 놓여 버리고 맙니다. 자원봉사라는 본래의 선의와는 동떨어진 공간에 완전히 녹초가 되어 홀로 바보같이 우두커니 서 있는 꼴이 됩니다.

자원봉사 활동이 인생의 전부라고 말하는 사람이 있다면 의문을 품지 않으면 안 됩니다. 그 정도면 자원봉사가 봉사가 아니라 직업입니다. 직업인 이상 이윤을 얻지 못하면 유지되지 못합니다. 손익 감정이 개입되면, 다른 직업과 마찬가지로 겉과 속의 양면을 동시에 갖게 됩니다. 그리고 거기에서 파생되는 이런저런 문제들이 선의를 점점 약하게 만듭니다. 주도권 쟁탈이니 파벌 등이 생기면서 인간관계도 얼룩집니다. 결국 자원봉사 하는 곳도 당신이 수십 년을 보낸 직장과 전혀 다를 바 없다는 사실을 깨닫게 될 뿐입니다.

퇴직했다는 이유만으로 고독감에 몸부림칠 것 같은 약한 당신이 과연 다른 사람을 도울 자격이 있을까요. 자원봉사란 어디까지나 여력의 범위에서 해야 할 활동입니다. 과연 당신 어디에 그럴 여유가 있나요. 다른 사람의 힘을 빌리지 않으면 안 될 사람은 당신 자신일지도 모릅니다.

자원봉사는, 감사의 말에 기뻐함으로써 존재감을 확인할 수 있다는 이유로 할 수 있는 일이 아닙니다.

자원봉사가 아니라 먼저 자신을 도와야 한다

당신이 도와주지 않으면 안 될 사람은 누구도 아닌 당신 자신입니다. 당신은 긴 세월을 배우자의 이만저만이 아닌 분투 덕에 안일하게 지내 올 수 있었습니다. 자신을 다스리지 못하는 하찮은 남자로 굳어지고 만 것입니다.

아니, 그렇지 않다. 나는 지금껏 노력에 노력을 다해 일하고, 세상 풍파에 시달려 녹초가 될 뻔해도 어떻게든 다시 일어났다. 온갖 어려움을 이겨 내 왔다. 그런 무리처럼 취급받는 것은 너무 기분 나쁘다.

그렇다면 그 추락한 모습은 무엇일까요. 시골로 이주한 기쁨은 잠시고, 이후 침울해진다면 그것은 과연 어찌된 일일까요. 해가 있는 동안은 그렇다 치더라도, 밤의 장막이 드리워져 보이는 곳이 모두 암흑세계로 바뀌고 찬바람이 황야를 스칠 때 그 황량한 전경에 둘러싸이는 것만으로도 적막해 하는 당신은 대체 무엇일까요.

당신은 누군가를 돕기 전에 당신 자신을 돕지 않으면 안 됩니다.

그것이 급선무입니다.

그 길은 자신 이외의 다른 사람에게는 절대로 기대지 않는, 단 하나의 방법밖에 없습니다. 당신은 지금껏 오히려 도움을 줘야 할 배우자에게 전적으로 의지하는, 홀로서기와 상반된 길만 걸어온 것입니다.

직장에서 당신은 최선을 다한 것도, 분투한 것도 아닙니다. 그저 인종과 굴욕의 나날에 자신을 길들이는 일에만 정력을 허비해 왔을 뿐입니다.

말하자면 당신은 수십 년 동안 도피에 도피를 거듭해 온 것입니다. 결코 그 이상은 아니며, 그 추한 도피 습관은 지금도 뼛속까지 배어 있습니다.

직장에서의 직급과 세상의 평가 등을 긍지와 자존심의 토대로 삼아 한 사람 몫을 하는 사내로 행세는 하였지만, 실제로 당신은 무엇을 위한 인생이었던가 돌아보지 않을 수 없는 멍텅구리이며 자신의 처지조차 모르는 어린애입니다.

그런 당신을 가장 잘 아는 사람이 배우자입니다. 그

정도의 남편이라는 것을 알면서도 참아 온 것은 다른 남편들이라고 다르지 않다는 사실과 어쨌든 다달이 월급이며 보너스를 손에 넣을 수 있었기 때문일 것입니다.

하지만 앞으로도 배우자가 같은 태도로 당신을 대할까요.

퇴직금은 이미 시골 생활을 위해 대부분 써 버렸고 앞으로는 연금 이외에 들어올 돈이 없는데, 직장이라는 유일무이한 방패막이를 잃고 집에서 빈둥거리기만 하는 당신을 헌신적으로 대해 줄까요.

아내가 공연히 반기를 들고 이혼을 요구하려고 하는데도 눈치를 못 챌 정도로 둔감해져 버린 것은 아닐까요.

지금 배우자에게 당신은 시시각각 가치가 떨어져 더 일찍 단념했으면 좋았을 존재며, 자식 이상으로 힘들고 앞날을 기대할 수 없는 귀찮은 존재일지 모릅니다.

당신은 배우자의 가치관이 언제까지나 당신과 같으리라고 무턱대고 단정하고 믿고 있지는 않나요.

그렇다면 머지않아 혹독하게 보복당할지 모릅니다.

7장

시골은 그런 것이 아니다

당신은 평온, 치유, 휴식 같은 말로 치장된 '약'을 찾아 시골로 이주했습니다. 그런데 시간이 지나면서 위화감이 조금씩 쌓여 가는 것을 느낄 것입니다.

급기야 참을 수 없을 정도의 큰 위화감과 맞닥뜨리게 됩니다. '이러자는 건 아니었는데'가 '이게 대체 뭐 하는 짓이지'로 되었다가 '이게 정말 우리나라가 맞나'로 되어 갑니다. 한껏 고조되었던 긍정적인 마음이 순식간에 부정 쪽으로 기울어집니다. 시골을 만만하게 보고 왔을 때에는 그렇게 좋았던, 자신이 원한 조건을 거의 갖추고 있는 것처럼 보였던 인상이 허무하게 무너져 갈 것입니다. 어느 사이에 낙원은 사라져 버리고 맙니다.

고요해서 더 시끄럽다

이윽고 시골이 고요하리라는 믿음부터가 환상이었음을 절감합니다. 전원 지대가 조용할 때는 농한기뿐이고 그 외 계절은 온갖 농기계가 내는 엔진 소리로 시끄럽습니다. 아침부터 해가 질 때까지 떠들썩한 굉음으로 가득하고 쌀 건조기가 내는 소음 등은 밤새도록 이어지기도 합니다.

물론 쉴 새 없이 이어지는 도시의 소음 재앙과 비교하면 보잘것없을 것입니다. 하지만 실제 문제로서 시골과 도시 중 어느 쪽 소음이 더 신경 쓰이는가 하면, 시골 소음이 훨씬 더 귀에 거슬리고 숙면을 방해합니다. 고요한 가운데 발생하는 소음이 더 자극적이기 때문입니다.

농번기에는 이미 마을 전체가 큰 공장으로 바뀐 것처럼 소음으로 뒤덮입니다. 온갖 엔진 소리가 난무하고, 게다가 톤이 일정한 소리 파동 이외에 해로운 새와 짐승들을 쫓아내려고 설치한 폭음기가 내는 소리까지 끊겼다 이어졌다 하면서 더해집니다. 평온함을 바라고 온 당신에게는 짜증 나는 날들이 막을 엽니다.

맑디맑은 푸른 하늘에서는 무선 원격 조정 헬기가 일출 전부터 어지럽게 날며 농약을 뿌려 댑니다. 군사 기지로 이사 온 것도 아닌데 하며 화를 내 본들 시골에서는 소음을 단속하는 세심한 조례 따위가 있을 리 없기 때문에 오로지 참는 수밖에 없습니다.

소음 발생원은 그것만이 아닙니다. 지역 행정이 적극적으로 유치한 공장이며 산업폐기물을 처리하는 곳에서도 소음을 내기 일쑤입니다. 위법에 가깝거나 위법 그 자체인 짓을 해도 관공서에서 거의 주의를 받지 않는 소규모 업자가 운영하는 그런 곳 말입니다.

소음만이라면 그래도 낫습니다. 그런 업체들은 아무 거리낌 없이 연기도 내뿜는데, 그 연기에는 도시 지역에서는 결코 허용되지 않는, 즉 당연히 정지 처분을 받아야 할 독성분이 가득 섞여 있습니다. 그런 업체들은 한밤중이나 비가 오는 날에는 연기가 눈에 띄지 않는다는 점을 이용해 위험물을 태웁니다. 큰비라도 쏟아져 물이 불어난 밤에는 처리 못한 산업폐기물을 그대로 하천으로 흘려보냅니다.

이런 물은 하천이나 지하수를 가차 없이 오염시킵니다. 이것이 문제시될 쯤에는 지역 주민들 건강이 돌이킬 수 없는 지경에 이르러 있고는 합니다. 공기와 물이 깨끗하고 조용한 것이 장점이었을 생활 공간이 급박하게 활성화하려던 나머지 정반대 장소가 되고 말았다는 시골도 결코 적지 않습니다.

자연보다 떡고물이 더 중요하다

지금 살고 있는 곳으로 이주해 왔을 때 이야기입니다. 훨씬 전부터 유명한 기업의 공장이 있어서 당시에는 마치 기업을 위한 마을 같았습니다. 저희 집은 그 공장에서 멀리 떨어져 있었는데도 근처에 배출 연기의 독성을 측정하는 기기가 설치되어 있는 것을 발견하고는 깜짝 놀랐습니다. 나중에 들은 바로는 농민들이 양잠을 그만두는 조건으로 푼돈 보상을 받고 입을 다물었다고 합니다.

이러한 기업의 횡포는 시골에서 두드러집니다. 지역 주민들이 일할 곳을 잃고 싶어 하지 않는 등의 약점을 잡히고 말았기 때문입니다. 또한 지역 유지들이 기업과 연루되어 있는 점도 무시할 수 없습니다.

어느 정도는 논리적인 언동이 통용되는 도시에서 태어나 자란 당신으로서는 도무지 이해할 수 없는 상황이겠지만, 시골에서는 건강은 물론 때로 목숨조차 돈과 맞바꾸는 무시무시한 가치관이 횡행합니다. 길드는 것은 참으로 무섭습니다. "이곳이 만약 바다 근처였더라면 원자력발전소 유치가 가능했을 텐데…." 하고 정말로 한탄하는 행정 관계자나 상공회의소 간부 등이 위세를 부리고, 그런 모습이 시골에서는 그리 놀랄 일이 아닙니다.

기업이 주는 위험한 은혜에 일단 맛을 들이면 주민들 의식은 순식간에 나쁜 방향으로 변화해 갑니다. 미약하지만 자신들이 노력해 어떻게든 위기를 헤쳐 나가고 검소하게 살더라도 위험이 따르는 외부 자본은 거부하면서 인간다운 인간이 되기 위해 혼자 서려는 정신이 바닥부터 뒤집히고 맙니다. 이후에 남는 것은 쓰레기 같은 '등치기 근성'뿐입니다. 이것이 지역 기질로 굳어지는 데는 그리 오랜 시간이 걸리지 않습니다.

　시골 행정 관계자는 대부분 환경문제에 둔감합니다. 요즘 들어서야 아주 그럴싸한 말을 하지만 마음속은 그 반대입니다. 위험을 약간 감수하더라도 돈이 들어오면 그걸로 족하다는 것이 본심일 것입니다. 위험한 공장이나 업자를 끌어들여 그 떡고물을 물고 늘어지자 생각합니다. 지금이 좋으면 장래 따위는 어떻게 되든 상관없다는, 너무나도 찰나적인 발상이 버젓이 통용되고 있습니다. 그것에 정면으로 맞서 다른 목소리를 내는 사람은 도시와는 비교되지 않을 정도로 적습니다. 한 사람도 없는 경우도 있습니다.

　그런 심각하고 절실한 문제에 대해 주민들이 들고일어나 이의 신청을 하지 않는 것은, 놀라울 만큼 무지하다는 것 외에 있는 자와 어울리고 강자에게 복종해야 한다는, 뼛속까지 사무쳐 있는 농경민족 특유의 근성 때문입니다. 그것이 공동체를 유지하기 위한 기본자세고, 그런 기강을 절대로 무너뜨려선 안 된다는 생각입니다. 어떤 의미에서는 이것이야말로 국민정신을 나타내는 것일지도 모릅니다.

　러일전쟁이 발발했을 때 어떤 사람이 인터뷰에서 한

말이 그것을 여실히 보여 줍니다.

"이 전쟁에서 진다면 당신은 어떻게 할 생각입니까?"

그는 태연하게 이렇게 답했다고 합니다.

"지면 앞으로는 당연히 러시아 황제를 모셔야죠."

윗사람이라면 껌뻑 죽는다

어느 날 갑자기 당신 집 근처에 있는 휴경지에 폐차나 폐타이어 혹은 좀 더 위험한 정체불명의 폐기물이 산더미처럼 쌓여 있어도 시골에서는 드문 일이 아닙니다.

또는 당신이 좋아하는 산책 코스 언덕이 폐기물들을 불법으로 버리는 장소가 되더라도, 근처 잡목림에서 위법한 물질을 소각해 연기가 피어오르더라도 전혀 이상하지도 아무렇지도 않은 일입니다.

한창 지역 격차가 심했을 때 시골은 도시 사람들이 상상한 것 이상으로 급속도로 궁핍해져 전쟁 직후 상황이 아닐까 하는 의심이 들 정도였습니다. 거품경기라고 하던 시절에는 2톤 트럭이라도 구입해 하청에 하청을 거듭하는 일을 하거나 이쪽 자재를 저쪽으로 운반하기만 해도, 비지땀을 흘리며 농사지어 얻는 수입의 몇 배나 벌 수 있었습니다. 당시에는 마시고 노래하고 춤추는 행사가 매년 열리고 동네잔치에 TV에 등장하는 연예인도 부를 정도였습니다. 한 집당 분담금이 수십만 엔에 달해도 불평이 없을 정도로 활기가 넘쳤습니다.

하지만 지금은 다릅니다.

그런 시대는 완전히 종말을 고했습니다. 다시 올 가능성이 거의 없을 뿐만 아니라, 쇠퇴 일로를 걷다 결국 '지방 소멸' 시대로 접어들 것 같습니다. 말하자면 지역 사회는 고령자들만 남아 마치 노부모를 버린 듯한 분위기의 무인 지대 또는 유령마을로 바뀔 가능성이 농후해지고 있습니다.

한없이 응석을 부리다 결국은 버림을 받고 말아, 이제 부활 따위는 꿈도 꾸지 못할 비참한 상황으로 서서히 내몰리고 있습니다. 이런 지역 주민들은 어떤 일에 대해서든 무기력하고, 어차피 죽을 날이 머지않은 몸이기에 내 알 바 아니라며 자포자기합니다. 어떤 부당한 행동에도 조치를 강구하려 하지 않습니다. 대대로 높은 분들에게 그저 복종하는 길 외의 삶을 선택한 적이 없어서입니다. 유전자에 노예근성이 뿌리를 내리고만 것처럼 보입니다.

다른 목소리를 냈다간 왕따당한다

만약 당신이 정의와 도의에 너무 반한 일들이 버젓이 통하는 것에 이건 아니라고 했을 때 과연 어떻게 될까요.

당신의 그 정의감과 정열에 동조하면서 함께 일어나 싸우자고 해 줄 주민이 단 한 사람이라도 나타나 줄까요.

어차피 타지 사람에 지나지 않는 당신의 말에 진심으로 귀를 기울여 줄 사람이 있을까요.

만약 있다면 당신과 마찬가지로 어느 정도의 교양과 상식을 가졌고 도시에서 이주해 온, 그 고장과 아무 얽매임도 없는 사람일 것입니다. 몇 안 되는 귀중한 내 편이 있다 하더라도, 높고 두터운 배타의 벽에 가로막힌 순간 당신은 하찮은 미끼에 걸려들어 커다란 것을 잃어 가는 것을 대수롭지 않게 여기는 주민의 어리석음에 질려 버릴 것입니다. 이런 어처구니없는 소동에 휘말리려고 시골로 온 것은 아니라는 생각에 휩싸여 관계를 끊어 버릴까, 다른 곳으로 이주할까를 진지하게 고민하게 됩니다.

그런데도 당신이 선은 선, 악은 악이라는 성실한 신념을 관철하기 위해 홀로 계속 분투를 한다면 주민은 모두 당신의 적으로 돌아설 것입니다. 눈엣가시로 취급당하고, 동네에서 따돌림을 당하고, 길에서 마주치더라도 외면당하고, 말도 한마디 들어 주지 않게 되어 결국에는 음습하고도 음험한 온갖 골탕을 먹게 될 것입니다. 집 앞을 지날 때마다 불쾌감을 주는 헛기침을 하는 것은 그나마 나은 편입니다. 뱀을 던져 넣는다든지, 집 근처에서 마른 풀을 태운다든지, 수도관을 끊어 버린다든지, 농약 섞인 사료를 개가 산책하는 길에 둔다든지 하는 일이 당신이 이사를 가기 전까지 끊임없이 반복될 것입니다.

공기보다 중요한 지역 사람들의 기질

이건 제 경험입니다만, 한창 이삿짐 정리를 하고 있는데 느닷없이 토끼 사체가 집 부지로 날아들었습니다. 생각할 수 있는 이유로는 타지 사람이 들어왔으니 눈에 거슬린다는 단지 그것뿐입니다. 처음부터 이런 상황이었으니 그 다음은 미루어 짐작이 가겠지요.

그래도 운이 좋다고나 할까요. 저는 이곳에서 어린 시절을 보냈고 모친도 이곳 출신입니다. 이상하리만큼 시샘이 많고, 다른 사람 불행을 좋아하는 그 지역 사람들 기질을 아주 잘 알고 있었습니다. 그 때문에 이후

일이 많았는데도 그때마다 '불쌍한 사람들이구나. 자신들이 불쌍하다는 사실을 자각할 수 없을 정도로 불쌍하구나.' 하고 중얼거리며 가난한 마음을 연민했습니다. 인간의 본성을 어디까지 파악할 수 있을까 하는 소설가로서 호기심이 먼저 들고 말아 분노를 느낀 적은 거의 없습니다.

하지만 좋지 않는 지역 기질 등을 알 리 없이 대자연의 아름다움과 풍요로움에 매료되어 도시에서 곧바로 이주해 온 사람들은 얼마 안 있어 '이곳 사람들 근성이 도대체 어떻게 돼먹은 거야.'라며 푸념하게 됩니다. 이치가 이치로 상식이 상식으로 통할 확률이 큰, 인간다운 생활 공간은 아니지만 그래도 낫다는 생각이 드는 도시로 돌아갈 결단을 내립니다.

그들의 이런 좌절은 쓰라린 추억과 비싸게 치른 수업료로 그들 내부에서만 처리되는 경우가 많습니다. 따라서 그 정보가 외부로 전달될 확률은 너무 작습니다. 이 때문에 이전의 그들과 마찬가지로 안이하게 시골 생활을 실행에 옮기려는 사람이 끊이질 않습니다.

시골에서 살려고 할 때 그 지역 기질은 아주 중요합니다. 공기나 물 혹은 그 이상의 핵심 조건입니다. 그런데도 가장 파악하기 어려운 것입니다.

그 지역 사람을 붙들고 "여기 사람들은 어떻습니까?"

라고 물어본들 정확한 답변이 돌아올 가능성은 거의 없습니다. 그들은 자신들이 사는 지역의 기질에 대해 생각해 본 적이 없을 것입니다. 그곳에서 태어나고 자랐으며 타지에서 살아 본 적이 없어 고향이 전부이고 온 세계가 같은 가치관을 공유하고 있으리라는 생각에 젖어 있습니다. 요컨대 자신들을 객관적인 눈으로 바라본 적이 없고, 바라보려고도 하지 않고, 그럴 필요도 느낀 적이 없습니다. 어느 시골이든 도시의 척도가 통용되리라 오해하고 덤벼든 당신도 이들과 하나도 다르지 않습니다.

그 지역 기질을 확실히 알려면 반드시 그 시골에서 살아 본 사람, 예를 들면 파출소 경찰이나 초·중학교 선생님에게 물어보는 게 가장 빠를 것입니다. 그들은 좋든 싫든 지역 주민과 접촉하지 않으면 안 될 처지에 있고, 빈번한 전근 탓에 지역 기질을 비교할 수 있는 안목도 충분히 갖추고 있습니다.

그렇다고 해서 일면식도 없는 당신에게 속마음을 드러낼 리 없습니다. 어느 정도 친해지든지 연고를 핑계 삼아 소개를 받든지 하는 수밖에 없습니다.

그 지역에서 약간 떨어진 지역 주민에게 정보를 얻는 방법도 있습니다. 점원이나 식당 아주머니, 역무원을 붙들고는 넌지시 물어봅시다. 처음에는 어렴풋하기만 하던 그 지역 기질이 많은 사람이 들려준 조그마한 감상이 모이고 모여 마침내 선명해집니다.

정보를 얻는 데 효과적인 장소가 병원 대합실입니다. 거기에 모인 노인 중에는 이야기를 좋아하는 사람이 많고, 이들은 생판 모르는 사람에게도 경계심이 적기 때문입니다. 그리고 무엇보다 병원 대합실은 그런 유의 정보가 넘치는 곳입니다.

"음, 그런 데는 살지 않는 게 좋을걸. 험한 꼴을 당할 테니까."

이런 말까지 듣는다면 다른 조건이 아무리 좋더라도 곧바로 단념하고 다른 곳을 찾아봅시다. 이주한 사람들이 하는, 가장 큰 후회가 지역 기질을 못 알아본 것이란 점을 확실히 가슴에 새겨 두시기 바랍니다.

골치 아픈 이웃도 있다

하지만 지역 기질이 아무리 좋더라도 당신 이웃에 골치 아픈 인물이 한 사람이라도 있으면 의미가 없습니다.

술만 마시면 이웃에게 폐를 끼치는 사람, 부지에 쓰레기더미를 쌓아 놓고 아무렇지도 않게 있는 사람, 볼륨을 크게 높여 음악을 듣는 사람, 험담 퍼트리기가 일상인 사람, 정말로 골치 아픈 사람 등등.

어디에나 있을 법한 이런 요주의 인물이 있는지 없는지 파악하는 일이 중요합니다만 이 또한 알아내기 극히 힘든 정보입니다. 좀처럼 생각대로는 안 될 것입니다. 하지만 이사를 하고 나서야 비로소 알게 되는 비극을 면하려면 어떻게 해서든 사전에 알아 두는 것이 중요합니다.

나이가 들기 시작해서 생활 환경을 통째로 바꾸기란 육체적으로나 정신적으로도 상당히 부담스러운 일입니다. 생활 환경을 바꿔 몸이 망가지기라도 하면 두고두고 후회하는 인생 2막이 되고 맙니다.

아무쪼록 신중히 결단하시기 바랍니다. 중도에 그만두는 편이 진정한 용기일 때도 있다는 점을 잊지 마시길.

8장

깡촌에서 살인사건이 벌어진다

인구가 급속히 줄어들어 겨우 명맥만 유지해 가는 시골 상황에 대해 이 시점에서 다시 한 번 곰곰이 생각해 보시기 바랍니다.

일자리가 없다. 희망이 없다. 남녀가 만날 기회가 없다. 재미도 없고 따분하다. 밤과 겨울에 너무 적막하다. 문화적으로 소외되어 있다. 시대에 뒤쳐진 것 같아 견딜 수 없다. 농업으로는 앞날을 기대할 수 없다.

과연 이런 이유만으로 고향을 떠나는 사람이 늘고 있을까요.

대학에 진학하거나 도시에서 취직한 젊은이 대부분이 왜 고향을 완전히 저버리고 말까요. 고향으로 돌아온들 먹고살기가 정말 힘들리란 점이 가장 큰 이유이겠지만, 그것은 어디까지나 표면적인 핑계에 지나지 않습니다. 보이지 않는 이유도 있습니다.

그들은 어둡고 습하며 하루 아니 1년 내내 서로 감시하는 듯한, 숨 막히는 시골의 답답하고 옹색한 분위기에 등을 돌린 것입니다.

도시로 나가 비로소 고향에 대한 그리움이 사라졌을 때부터 그런 점을 느끼기 시작합니다. 고향에서의 가치관이 다른 세계와 너무나도 달랐다는 점을 깨닫고 큰 충격에 휩싸입니다. 그리고 도시가 지닌 비정함에 익숙해지고 아무에게도 간섭받지 않는 편안함을 맛보게 되면, 자신이 태어나 성장한 시골이 갑자기 아무런 가치도 없는 곳이란 생각이 듭니다. 고향이 있는 그 자체가 거추장스러워지고, 그런 곳에서는 현대인답게 살 수 없다는 결론을 내리고 마는 것입니다.

그러면서 점점 사회적인 시야를 넓혀 가 세상에서 자신의 위치를 바로 인식하고, 다양한 인간상도 보게 됩니다. 또한 선택할 수많은 길이 있다는 사실에 기대를 품고, 노력과 운에 따라 생각지도 못한 인생이 전개될 수 있음을 실감합니다. '아아, 그렇구나. 이런 게 세상을 산다는 거구나.'라는 답을 분명히 내릴 수 있는 상황으로 나아가는 것입니다.

제사니 뭐니 하는 일로 어쩔 수 없이 고향에 왔을 때 느끼는 것이 정겨움만은 아닙니다. 갑자기 심한 위화감이 들어 자신이 그런 곳에서 살았다는 것이 믿기지 않고, 어떤 일을 하든 일일이 주위의 눈을 의식하지 않으면 안 되는 부자유스러움에 새삼 강한 거부감이 들어 계속 깊은 한숨만 쉴 따름입니다.

그리고 이런 극한 세계에서 용케도 살아왔다는 생각에 몸서리치고, 여전히 변함없는 모습으로 살아가는 주민들 모습 하나에서 열까지를 다 혐오하게 됩니다. 말투, 표정, 입은 옷, 사고방식, 악습에 가까운 풍습, 음식, 시시콜콜한 소문, 세련됨과는 거리가 먼 취미 등에 이르기까지 하나하나 다 싫어집니다. 마지막에는 불어오는 바람마저 불쾌하게 느껴집니다. 부모 형제는 어떻게 되든 자신만은 이런 곳에서 일생을 마칠 수 없다는 생각에 이릅니다. 또한 도시가 아무리 잔혹한 세계고 그곳에서 계속 실패해 심한 타격을 입을지라도 이곳으로는 절대 다시 돌아오지 않겠다고 뜻을 세웁니다.

고향을 떠난 사람은 그 즉시 비교하는 눈을 갖게 됩니다. 타지에서 살면서 비로소 고향을 객관적으로 바라보고 평가할 수 있게 됩니다. 그처럼 도시인도 여행 등이 아닌 이주를 통해 시골의 실체를 이해하는 것입니다.

안주의 땅, 마지막 거처, 별천지, 지상낙원 같은 화려한 문구에 혹하더라도 망상으로만 끝나면 누가 뭐라고 하겠습니까. 하지만 그런 이상적인 공간을 정말로 발 벗고 나서서 찾으려는 것은 수백 년 전 보물을 찾으려는 것만큼이나 어리석은 짓입니다. 노후 자금만 넉넉하다면 그런 망상에 가까운 꿈을 정말로 실현할 수 있으리라 생각하는 것도 어리석기 짝이 없습니다.

무릉도원 같은 곳은 이 세상 어디에도 존재하지 않습니다. 유토피아는 신들과 마찬가지로 인간의 애틋한 동경이 빚어낸 결과물입니다.

시골로 이주하는 범죄자들

도시처럼 온갖 종류의 범죄에 더러워지지는 않았으리란 점 하나만으로도 시골로 이주하는 의미는 충분하다고 반론할 사람도 있을 것입니다. 하지만 그것 또한 망상이 낳은 환상에 지나지 않습니다.

시골의 범죄 발생률은 매년 증가하고 있습니다. 범죄노 흉악해집니다. '설마 이런 곳에서' 싶은 산촌에서 살인사건이 일어납니다.

도시가 엄하게 경계할수록 이곳저곳을 떠돌던 범죄자들은 지방으로 활동 무대를 옮깁니다. 범죄율에 박차를 가하는 것이 외국인들입니다. 다른 사람이 싫어하는 일을 하고 게다가 낮은 임금으로 일하기 때문에 너무나 손쉽게 받아들인 수많은 외국인이 그야말로 닥치는 대로, 내키는 대로, 실로 난폭한 수단을 구사하여 법률을 어기고 있습니다. 경기가 침체되면서 남들이 싫어하는 저임금 일자리마저 얻지 못하게 되었기 때문입니다. 모국으로 돌아갈 돈은 없고, 돌아가더라도 먹고살 길이 막막합니다. 그런 이유로 범죄에 무방비 상태인 데다 성선설이 구석구석까지 침투해 있는 인정 많은 시골에 잔류하는 것입니다.

궁지에 몰린 초범자인 이들 말고 애당초 집에 침입해

강도와 절도 등을 할 목적으로 입국하는 전문 범죄자도 늘고 있습니다. 그들이 공통적으로 가진 못된 생각은 어떤 푼돈이든 상관없으니 손에 넣자, 어차피 여기는 우리나라가 아니라는 두 가지입니다. 말하자면 이들은 돈이 많고 적음에는 관계없이 일단 살해하고 나서 돈을 빼앗자는 식의 '신속한 작업'을 가차 없이 실행합니다.

그런 이들에게 시골은 아주 일하기 쉽고 표적으로 삼기에 딱 좋은 곳입니다. 애초부터 경계가 느슨한 데다 소란을 피우더라도 이웃에게 들리지 않아 목격당할 확률이 낮다는 등의 큰 이점이 있기 때문입니다. 도시에서처럼 한탕 해 큰돈을 벌 수는 없어도 시골에는 목돈을 가진 사람이 제법 있습니다.

일단 목표가 되는 것은 오래된 집.

오래된 집인지 아닌지는 집 크기, 정원에 고목이 있는지 없는지, 창고가 있는지 없는지 등에 따라 한눈에 파악이 됩니다. 하지만 그런 집에는 옮기기 힘들고 팔려면 꼬리가 잡히기 쉬운 물건만 있고, 의외로 현금이나 보석류는 적다고 합니다.

그래서 다음으로 노리는 것이 도시에서 온 당신 같은 이주자의 집입니다.

낮에 사전 답사를 한 다음 당신 집을 표적으로 삼을

것입니다. 마을과 약간 떨어진 곳에 있는 신축 건물이고, 널어놓은 빨래로 보아 저항할 힘도 없는 노부부가 살고 있습니다. 농가가 아니라는 점은 물론이고, 돈이 약간 있는 정년퇴직한 타지 사람이라는 것에서부터 생활 패턴에 이르기까지 곧바로 노출되고 맙니다.

시골에서 경찰력은 도시에서보다 훨씬 더 약합니다. 경찰이 절대적으로 적을 뿐만 아니라, 허리에 찬 권총에 녹이 슨 난알이 들어 있고 범인을 체포한 일이 한 번도 없을 것 같은, 그야말로 의지할 바가 못 되는 경찰이 배속되는 경우도 많습니다.

그 지역 경찰서에서는 외국계 흉악한 범죄자들이 한촌이라고밖에 할 수 없는 지방으로까지 흘러들어 배회하고 있다는 정보는 갖고 있지만, 이렇다 할 확실한 대책은 세우고 있지 않습니다. 당신이 사는 그 한 집을 지키기 위해 꼬박 붙어 있을 수는 없습니다. 이런저런 이유로 해서 경찰이 당신 집으로 급히 달려왔을 때는 당신과 배우자가 피투성이로 살해당해 있는 불행한 경우로 한정됩니다.

이런 시골에서 살려면 내 몸은 내가 지킨다는 기개가 도시에서보다 더 필요합니다. 이 점만은 확실히 기억해 두시기 바랍니다. 주거 침입 강도사건 등을 결코 남의 일로만 여기지 마시기 바랍니다. 흉악한 강도들에게 당신은 아주 매력적인 존재임을 한시도 잊지 마십시오. 얼마 남지 않은 퇴직금, 저금 그리고 연금에 의지해 조신하게 살고 있는 자신들을 노릴 어리석은 범죄자는 없으리라 단정 짓는 태도는 상대방에게 전혀 통하지 않습니다. 따라서 이런 자각을 확고히 해서 늘 경계를 게을리하지 않도록 애쓰시기 바랍니다.

가능한 한 큰 개를 길러라

물론 긴장을 한시도 늦추지 않는 것만으로는 부족합니다. 젊은 시절과는 비교가 안 될 정도로 약해진 자신의 체력에 맞는 더 구체적인 대처법을 생각해 두어야 합니다. 집 지키는 개를 기르는 것도 한 방법입니다. 그것도 될 수 있으면 큰 개로 해야 합니다. 사료비가 생활비를 압박하고 돌보는 것도 힘들지 모르지만 강도 등에게 목숨을 잃을 경우를 생각하면 저렴한 지출이라고할 수 있습니다.

하지만 큰 개를 키우는 것만으로 안심할 수는 없습니다. 예를 들어 도베르만을 세 마리 기르고 있다 치더라도 막상 어떤 사태에 도움이 될지는 의문입니다. 왜냐하면 그곳은 마을과 동떨어져 있어 개가 아무리 짖은

들 때마침 그 소리를 들어 줄 사람이 없고, 혹시 들었
더라도 굳이 급히 달려오지 않으면 안 될 정도의 의리
도 없기 때문입니다. 또한 건장한 젊은이 대부분은 이
미 고향을 떠나 있습니다. 주민이 극히 적은 그 마을에
서 어쩌면 당신이 가장 젊을지도 모릅니다.

개가 있는 것을 알고도 침입하려는 자들은 대책을 확
실히 세우고 옵니다. 독이 든 먹이를 준비한다든지 정
수리를 일격에 박살 낼 무기를 준비하는 등 빈틈이 없
습니다.

침실을 요새화해라

시간대로는 아무래도 한밤중이 가장 위험합니다. 인
구 밀도가 극히 낮은 지역에서 대낮에 낯선 사람이 서
성거리면 눈에 쉽게 띈다는 점은 그들 자신이 가장 잘
알고 있습니다. 잽싸게 침입하고 잽싸게 도망가는 것
이 그들의 상투적인 행동입니다.

가장 좋은 방법은 집을 지을 때 침실을 특별히 견고
한 구조로 만드는 것입니다. 방범벨이나 센서등, 방범
카메라나 경비회사에서 빌린 전기충격기 등은 시골에
서는 거의 일시적인 안심 정도의 효과밖에 줄 수 없습

니다. 이를테면 경비회사와 계약을 했더라도 도착하기까지 시간이 너무 걸려 그 사이에 일당은 일을 끝내고 자리를 떠 버립니다.

고령자의 완력으로 그들을 격퇴하기란 일단 불가능합니다만 단념하게는 할 수 있습니다. 침실을 요새화하는 것입니다.

창에 쇠격자를 씌우고 침실 문 안쪽에는 자물쇠 외에 위아래로 이중 빗장을 설치합시다. 어중간한 싸구려로 했다가는 목숨을 잃을 수 있습니다. 문은 철판을 내장한 특수 주문품이 좋을 것입니다. 가능하면 문이라는 것을 알 수 없도록 즉, 벽의 일부처럼 보이도록 만드는 것이 가장 좋습니다.

강도들이 꼭 가져오는 것이 쇠지레입니다. 쇠지레를 쓰면 쇠격자를 한층 벌리거나 자물쇠가 채워진 문 등을 아주 간단하게 열 수 있고, 경우에 따라서는 살인 도구로도 쓸 수 있기 때문입니다.

침실 밖에서 집에 불을 지르겠다는 둥 하며 아무리 위협을 해도 절대로 문의 빗장을 끌러서는 안 됩니다. 그들이 머뭇거리는 사이에 당신은 경찰서에 연락을 합니다. 전화선을 미리 끊어 놓을 수 있으니 휴대전화를 머리맡에 두는 습관을 들입시다.

온 동네에 들릴 정도로 소리가 엄청난 방범벨을 울리

면 빨리 포기할지도 모릅니다. 하지만 전선을 절단했다면 어쩔 도리가 없습니다. 경찰이 올 때까지 당신 홀로 버티지 않으면 안 됩니다. 아무리 견고하게 만든 침실이라도 언젠가는 망가지고 맙니다. 지금 여유가 있다면, 상대가 눈치채지 못하도록 집 밖으로 탈출할 수 있는 비밀 문을 따로 만들고, 잠시 몸을 숨길 수 있는 장소도 정해 두면 좋습니다.

수제 창을 준비해라

그래도 예기치 못한 침입에 대비해 살인 따위는 대수롭지 않게 여기는 무리와 대결하기 위한 최소한의 무기는 준비해 둡시다. 도움이 될 만한 무기는 창입니다. 진짜 창은 허가를 받아야 하고 비싸기도 하니 직접 만듭시다. 자루 길이는 1미터가 조금 넘게 하고, 자루와 날이 하나로 된 튼튼한 등산용 칼이나 부엌칼을 창으로 이용합니다. 하지만 날 길이에는 신경을 써 주시기 바랍니다. 너무 길면 부러지거나 휘는 경우가 있고, 너무 짧으면 제 힘을 발휘하지 못합니다.

이 무기는 상대를 물리치려는 엄포의 도구가 아닙니다. 그런 인식은 버리기 바랍니다. 어중간한 저항만큼 위험한 일은 없습니다. 가령 그런 상황에 처했을 때에는 굳은 각오로 철저하게 맞서 싸워야만 합니다. 문을 부수고 적이 침입하는 순간, 두 눈을 부릅뜨고 큰 소리로 분을 토하면서 적의 복부를, 명치 언저리를 노려 기세등등하게 내찌르십시오. 찌른다기보다는 창과 함께 기를 쓰고 덤비는 식의 방법이 효과적입니다.

이야기가 장황한 것 같지만, 조금의 망설임도 금물이라는 것입니다. 법치국가에 살고 있다는 사실을 잊지 마시기 바랍니다. 불행히도 적과 대치하게 된 순간은 이미 죽임을 당할까 죽일까 하는 원초적 세계로 바뀌어 있는 것입니다. 죽인다는 생각으로 혼신을 다해야 합니다.

선두에 있는 적을 찌른 것이 확인되면 곧바로 다음 적을 찌르십시오. 겁먹은 것처럼 보이더라도, 도망칠 태세를 보이더라도 결코 용서해서는 안 됩니다. 반격을 위해 잠시 물러서는 것일지 모르니, 주저 말고 그 등을 찌르십시오.

저에게 살인범이 되기 위해 시골 생활을 시작하는 것이 아니라는 식의 반론을 펴도 아무 의미가 없습니다. 가련한 희생자가 되는 것은 제가 아니라 바로 당신이기 때문입니다. 침입자를 죽이지 않으면 당신이 분명 죽임을 당합니다. 상대방이 하라는 대로 고분고분 따

르면 목숨만은 건질 수 있다는 환상은 절대로 가져서
는 안 됩니다. 그런 보장은 어디에도 없습니다.

물론 정당한 이유가 있었더라도 사람 목숨을 빼앗
는 행위가 당신의 정신과 혼에 깊은 상처를 입혀 가위
에 눌리는 밤이 계속되는 현실은 피할 수 없을 것입니
다. 그것은 당신이 인간답다는 더할 나위 없는 증거이
지 당신의 행위를 범죄자의 폭력과 동일시해야 할 일
은 아닙니다.

하지만 만약 당신이 사람을 죽이느니 죽는 편이 차라
리 낫다는 언뜻 보기에 고결한 신념을 가지고 있고, 목
숨이 끊어지기 바로 직전까지도 그 선택을 전혀 후회
하지 않는다 하더라도, 당신은 이중의 죄를 범한 것이
되고 맙니다.

하나는, 나의 소중한 목숨을, 필사적으로 싸우면 지
켰을 목숨을 아주 간단히 저버린 죄입니다.

다른 하나는, 얼마 안 되는 돈을 빼앗으려고 사람을
죽인, 짐승만도 못한 무리에게 다시금 죄를 지을 기회
를 주고 만 죄입니다. 이것은 어쩌면 살인에 버금가는
중죄일지도 모릅니다.

국가 법률이 당신의 위태한 순간까지 지켜 주리라는
막연한 기대는 하지 맙시다. 실제로는 다른 나라 공작
원에게 납치된 자국의 무고한 국민을 몇십 년이고 방

치하고, 아직도 찾아오지 못할 정도로 힘이 없는 법률입니다. 그런 허약한 법률 이전에 당신 개인의 법률을 준비해 두어야만 합니다. 아주 불합리한 형태로 당신의 존재 그 자체가 위협을 당할지도 모를 비상사태에 대비하는 것입니다. 동시에 흔들림 없는 집행력도 준비해 두어야 합니다. 흉악 범죄뿐 아니라 재해에도 대비하기 위해서입니다.

현실이 이러해서 실로 유감스럽게도 천국이니 극락이니 하는 가공 세계를 전적으로 동경할 수밖에 없는 것입니다. 사랑이나 아름다움이 넘치는 이상 공간을 현세에서 찾는 일은 분명 고상합니다만 그 실현은 영원히 불가능합니다.

왜냐하면 인류는 생물계에서 가장 잔학한 유전자를 이어 받았고, 그에 반작용해야 할 이성은 너무도 무력하기 때문입니다. 유사 이래 전쟁이 사라지지 않았다는 것이 그 증거일 것입니다.

여담입니다만, 단카이세대(1947~49년에 태어난 일본의 베이비붐 세대. 단카이는 덩어리란 뜻) 분들은 소위 '환상의 세대'이기도 합니다. 현실 중의 현실이라고도 할 수 있는 전쟁이 끝난 직후 태어나서는 전승국가가 억지로 떠맡긴 자유와 민주와 평화라는 이념으로 뭉쳐진 정치 형태를 그대로 받아들였습니다. 그 결과, 앞으로는 사람들이 정의와 더불어 살아갈 수 있으리란 착각에 사로잡혔습니다. 국가악은 반드시 무너진다는 굳은 신념을 갖고 진압하는 경찰에게 돌을 던지고, 대학 구내를 점거했습니다. 유치한 생각에서 비롯된 혁명 놀이를 실천하면 곧바로 만인이 평등해지는 국가가 탄생하지 않을까 하는 열기에 들떴습니다.

하지만 홍역 같은 그 열병이 사라지자마자 급변하고 맙니다. 학력사회에 장단만 맞추면 출세할 수 있다고 잘못 판단해 버립니다. 급속한 경제성장의 혜택을 입고 겉치레뿐인 물질적 풍요를 누리는 사이에 본질적인 현실에서 점점 멀어집니다. 그러고는 현실의 주도권을 장악한 광고·대중매체·영화·소설 등이 제공하는, 이미지를 위한 이미지라는 독소에 계속 물들고 도취되어 갔습니다.

그 결과 아무리 나이를 먹어도 진정한 자신과 현실을 파악하지 못하고, 보기 좋고 빠져들기 쉬운 허황한 이미지들만을 가치관의 기반으로 삼았습니다. 모든 발상과 행동의 척도도 실체가 전혀 없는 이미지에 위임했습니다. 또한 사회에, 직장에, 누구나 매일 마실 수 있게 된 술에 그리고 정말로 강해진 것이 아니라 강해 보이는 연기력만 늘었지 실제로는 아주 약한 여성에 기대어 왔습니다. 그야말로 현실을 현실로 파악할 기회를 스스로 저버리고 도망치는 버릇이 생겨 핑계만 늘어났습니다. 그것이 바로 본연의 삶이다, 더 인간적인 인생이라는, 비열하고 어리석고 가련한 결론에 매달려 왔습니다.

그런 경박하고 괴이하고 어디까지나 자기 위주인 이미지 인간으로 바뀌었는데, 어느 날 갑자기 절대적이었던 직장이라는 든든한 방패를 빼앗깁니다. 이번에는 자신의 생존 능력을 철저히 시험당하는 가혹한 여생으로 내던져지고 만 것입니다.

너무 늦었는지 모르겠습니다만, 이것을 계기로 눈을 뜨는 것은 어떨까요. 현실을 직시하는, 독립된 한 인간이 되는 것을 목표로 삼는 것은 어떨까요.

군침을 흘리며 당신을 노리고 있다

다시 시골 생활의 방범으로 돌아가겠습니다.

낮이라고 해서 방심해서는 안 됩니다. 주변에 도와줄 사람이 없는 위험한 장소임을 잊지 마시기 바랍니다. 정오 무렵인 시간대에 습격을 당한 예도 적지 않습니다. 판매원을 가장하고 찾아와서는 노인들밖에 없다는 사실을 확인하자마자 강도로 돌변하는 자들도 있습니다. 시골이니 문을 잠글 필요가 없다는 것은 너무나 빛바랜 오랜 전설에 지나지 않습니다.

그 지역 사람이 아닌 듯한 영 낯선 사람이 왔을 때에는 안이하게 현관으로 맞아들이는 위험한 행동은 하지 맙시다. 본인이 직접 밖으로 나가 맞이하는 습관을 들입시다. 그리고 혹시 모를 상황을 위해 침실에 준비해 둔 수제 무기를 가까운 곳에 준비해 둡시다. 싱냥한 미소를 잃지 않는, 사람 좋아 보이는 상대라 할지라도 절대로 긴장을 늦추어서는 안 됩니다. 그런 부류일수록 수상하게 여기기 바랍니다.

방문자가 하는 말보다 움직임에 주의를 더 기울이십시오. 눈빛의 변화도 놓쳐서는 안 됩니다. 거리를 일정하게 두도록 애를 쓰고 그 이상 가까이 다가올 것 같으면 즉시 이것 보라는 듯이 바로 그 무기를 손에 들고 때를 노리기 바랍니다. 가족에 대해 넌지시 묻거든 집에 아들이 있다고 거짓말을 하십시오.

방문자가 둘 이상일 때는 특히 경계해야 합니다. 한 사람이 슬쩍 등 뒤로 와 서지 못하게 항상 벽을 등져 섭시다. 또한 손에 든 무기를 언제든 쓸 각오가 되어 있다는 점을 분명히 보여 줍시다. 그럴 때를 대비해 예행연습을 게을리해서는 안 됩니다. 흉악한 패거리를 상정해서 어떤 경우에 어떻게 할 것인지를 잘 생각하고 거듭 연습합니다. 반사적으로 움직일 수 있을 정도로 까지 익히시기 바랍니다.

그중에서도 중요한 연습은 무기로 상대의 급소를 찌르는 것입니다. 그저 찌르는 것이 아니라 찌르고 나서 재빨리 다음 공격 태세로 돌아가는 것입니다. 공포에 온몸이 굳어 버려 결국 아무것도 못하게 되지 않도록 온 힘을 쏟아 연습하십시오. 적은 처음부터 장난으로 하는 것이 아니기 때문에 상대도 당연히 그 이상으로 진지하게 맞서야 합니다.

뿜어져 나오는 선혈과 터져 나오는 절규 등에 동요하게 되더라도, 자신이 무엇을 했는지 모르는 혼란 상태에 빠지더라도, 정신이 들었을 때에 당신 발밑에 적이 쓰러져 있지 않으면 안 됩니다.

낮에 찾아오는 판매원도 주의하기 바랍니다. 가짜 물건을 팔면서 빈집에 침입할 기회를 엿보거나 한밤중에 강도로 침입하기 위해 사전 답사차 오는 경우도 충분히 있을 수 있기 때문입니다. 그것도 아니면 푼돈밖에 없어 보이는 당신을 봉으로 삼으려는, 사기 상술을 펼 기회를 노리는 패거리일지도 모릅니다.

제가 사는 일대에는 봄부터 가을에 걸쳐 자원봉사를 가장한 사기꾼이 종종 찾아옵니다. 겉모습은 선량하기 그지없습니다. 정의감이 넘쳐 보이는, 호감이 가는 밝은 젊은이입니다. 말솜씨도 외판원같이 청산유수가 아니고 어딘가 어설퍼 보입니다. 숫기가 없어 이런 부류의 사기꾼에 익숙지 않은 사람은 아마 의심할 리 없을 것입니다. 알고 보면 이런 연기로 먹고산다고 해도 과언이 아닌 대단한 사기꾼인데 말입니다.

세계에 만연해 있는 위기의 하나라도 없애자, 희생자 한 사람이라도 돕자는 결의만큼은 그 맑디맑은 눈동자에 스며늘어 있습니다. 하지만 그의 목적은 굶어 죽어 가는 난민과 거대한 해일이 낳은 희생자들을 구원하기 위한 모금 활동에 있지 않습니다.

이런 부류 중에는 동정심을 불러일으키려고 정신장애인 흉내를 내면서 방문하는 사람도 있습니다.

그들에게 저는 이런 말을 한 적이 있습니다.

"그 젊은 나이에 그런 못된 짓을 배워 어쩌자는 거지. 그렇게 해서 하루에 얼마를 버는지 모르지만 자신이 혐오스러워 괴롭지 않나?"

얼굴을 아는 주민이라는 이유로 긴장을 완전히 늦춰 버리는 일도 경계해야 합니다. 시골에는 범죄자가 없다는 선입견은 버리십시오. 인구 비율로 따지면 도시보다 더 많을지 모릅니다. 물론 지역마다 다르겠지만.

덧붙이면, 저는 이주한 지 얼마 안 돼 인근 사람에게 속아 남의 땅을 강매할 뻔했습니다. 아직 젊은 나이였습니다만 그렇게 빤히 보이는 수법에 걸려들 정도로 멍청하지는 않았습니다. 무엇보다 그 정도로 돈이 넉넉하지 않아 아무 일이 없었습니다. 그리고 타지 사람을 속여 돈을 갈취하는 일을 자랑으로 삼는 지역 기질이 있음을 그때야 알았습니다.

어느 아침에는 눈을 떠 보니 새로 산 오토바이가 없어진 적도 있었습니다. 다행히 조작이 어렵고 초보자가 다루기 힘든 기종이라서 시동도 걸지 못하고 가까운 길가에 방치해 두었더군요. 그때 경찰이 한 말을 지금도 기억합니다.

"짐작은 가는데. 가까운 곳에 사는 누구라는 것까지는 확실히 알겠는데…"

하지만 범인이 잡혔다는 말은 지금까지 듣지 못했습니다.

9장

심심하던 차에 당신이 등장한 것이다

당신이 시골로 이주하려는 목적 중에 '다른 사람들과 따뜻한 정을 나누거나 근사하게 교류하기 위해' 같은 것이 있습니까. 만약 그런 것을 막연히 또는 확고히 마음에 품고 있다면 곧바로 지워 버려야만 합니다.

그리고 그런 정서적으로 분에 넘치는 것을 얻고자 하는, 사랑에 목말라 하는 철부지 같은 당신 자신을 곰곰이 돌아보기 바랍니다.

도시에서는 다른 사람과 교류하는 것이 정말로 힘들었나요.

교류가 이해타산, 배신, 불신 등으로만 채워져 있었나요.

그런 관계를 계속 유지하지 않으면 안 될 환경 때문에 당신 마음이 완전히 사막처럼 황폐해지고 만 것인가요.

그래서 결국 고독의 한계라는 궁지로 내몰리고 말았나요.

퇴직이라는 획이 그어짐으로써 그런 사실을 더욱 절감했다고 새삼 말하고 싶은 것인가요.

정년을 맞아 직장에서 이탈해서야 비로소 자신의 모든 것이나 다름없던 직함, 학력이니 경력 등이 세상에 거의 통용되지 않는다는 사실을 깨닫습니다. 그런데도 눈곱만큼 남은 자존심조차 굽히지 않고 이전과 같은 대우를 해 줄 새 직장을 찾습니다. 하지만 상대해 줄 고용주는 한 사람도 없습니다. 여전히 직장에 몸담고 있는 친구들이 부러울 따름입니다.

이런 모든 현실을 세상의 비정함 탓으로 돌리며 한숨만 쉽니다. 그러면서 도시에서 탈출만 하면 상처 입은 마음이 곧바로 낫지 않을까 하는 환상에 젖습니다. 목가적인 아름다운 풍경을 마음에 그리고, 소박한 사람들과 인간다운 접촉을 하면서 사는 것을 꿈꿉니다. 생각만으로 그치면 누가 뭐라고 하겠습니까. 그런데 당신은 느닷없이 그런 생각을 실행하려 하고 있습니다. 제대로 확인도 하지 않고 말입니다.

그런 어수룩한 당신의 심리를 교묘히 자극하고 부추겨 돈벌이로 연결하려는 교활한 자가 수없이 많습니다. 그들 입장에서 보면 환상의 세대는 참으로 농락하기 쉬운, 먹잇감으로 더할 나위 없는 봉으로밖에 보이지 않을 것입니다.

기후가 온난하고 물가가 정말로 싼 외국에서 멋진 인생 2막을 만끽해 보지 않으시겠습니까. 간병인을 여러 명 고용하며 풍요로운 노후를 즐겨 보지 않으시겠습니까.

당신이 살아온 발자취를 집필해 기성 작가들 책과 함께 서점에 진열해 보지 않겠습니까.

장수하는 시대입니다. 손에 쥐고 있는 그 자금으로 충분합니까. 원금은 보장되고 2~3배까지 안전하게 불릴 수 있는 투자 방법이 있다는 것을 아십니까.

마음의 안식처를 만들고 싶지 않습니까. 작은 새들이 지저귀고, 이온과 오존이 가득한 산들바람이 불어오며, 아름다운 벚나무와 단풍나무들이 빼곡한 숲에서 사계절의 변화를 느끼며 살고 싶지 않습니까. 장작난로를 갖춘 통나무집에서 감동 그 자체인 여생을 보내지 않겠습니까.

당신의 오랜 노고에 보답하는 포상으로 세계를 일주하는 배 여행은 어떻습니까. 그 추억은 돈으로 바꿀 수 없습니다.

이런 빤한 수법에 당신은 너무나 간단히 넘어갑니다. 지나치게 노골적인 꿍꿍이는 간파할 수 있습니다만 약간 조심스럽게 유도하는 함정에는 손쉽게 빠지고 맙니다.

그것은 전적으로 당신이 자신을 제대로 인식하고 있지 못하기 때문입니다. 당신은 일을 하면서 현실을 경험했지만, 그 세월을 장난으로 보내 버린 어린애에 지나지 않습니다.

관심받고 싶었던 건 당신이다

당신은 끝없이 도망칠 수 있는 시대에 살았습니다. 이리저리 도망쳐 온 당신에게는 어느 직장이니 직급이니 하는 것이 세상의 전부였습니다. 그런 뜨뜻미지근한 물에 있다가 밖으로 내던져지자 바로 감기에 걸리고 만 것입니다. 그 때문에 냉정하게 판단할 수 없고, 자신의 처지를 세상의 냉혹함과 도시의 비정함 탓으로 돌리며 자기변호를 꾀합니다. 그러다 마침내 시골 생활이라는 충동적인 도피 행각에서 구원을 찾고자 한 것입니다.

요컨대 당신이 다른 사람들에게 사랑이 없다고 개탄하는 것은 그 사람들이 안타까워서 하는 말이 아닙니다. 실은 당신이 사랑에 굶주려 있는데 아무도 당신을 사랑해 주지 않는 것이 원망스러워서일 뿐입니다. 이 얼마나 보기 흉하고 망신스럽고 구제하기 힘든 60세입니까.

다시금 묻습니다.

당신은 지금껏 마음을 달래 줄 그 무엇이 필요할 정도로 분투해 왔습니까.

우울증에 걸리거나 그 직전까지 이르러 위장병에 걸린 일을 분투해 온 대표적인 증거로 내세우는 것입니까.

쉼 없이 엉덩이를 걷어차이는 비참한 처지를 거부할 기회가 없었을 뿐만 아니라 그럴 배짱도 실력도 없었다고 주장하는 것입니까.

분명 할 수 있었는데도, 안전한 주식만 계속 사는 식의 뻔뻔스런 선택을 한 것과 그것에 걸맞게 빈둥거린 나날들을 자랑할 만한 고군분투 증거라 할 수 있을까요.

혹은 이것도 저것도 가족을 위해서였다는 대의를 내세움으로써 자신의 태만을 덮으려는 것입니까.

그런 당신을 시골 사람들이 따뜻하게 맞이하지 않으면 안 될 이유가 도대체 어디에 있다는 것일까요. 시골 사람들에게 당신은 팔자 좋은 타지 사람, 선망의 신분을 가진 사람으로 비쳐 왠지 선을 긋고 싶은 대상일지 모릅니다.

새로 지은 멋진 집으로 이사 와 살면서 도시풍의 세련된 생활을 합니다. 하반신을 못 쓰게 될 정도로 힘든 노동은 하지 않습니다. 입는 것에서 먹는 것까지 전부 자신들과 다르고, 좋아하는 음악도 클래식이나 재즈이지 대중가요나 민요가 아닙니다. 시골에서는 최고의 농담인 음담도 하지 않고, 1년 365일을 축제일처럼 들떠 있습니다.

당신 같은 사람을 TV나 영화에서가 아닌 실제로 마주한 시골 사람들은 적잖은 충격을 받습니다. 무엇보다 자신들과 크게 동떨어진 당신의 삶을 가까이에서 보게 되면서 말입니다. 아등바등하고 허둥대지 않고, 화려하게 여생을 보낼 수 있는 인간이 자신들과 같은 공간에 존재한다는 엄연한 사실에 혼란스러워지는 것입니다.

그리고 자신들은 과연 이렇게 살아도 될까 하는 의문이 일어나기는 하지만, 결국 어떻게도 할 수 없는 현실의 벽에 막혀 이러지도 저러지도 못합니다. 얼마 안 있어 당신들을 눈엣가시로 여겨 무의식적으로 밀어내는 일도 충분히 있을 수 있습니다.

다른 말로 하면 당신들의 갑작스런 등장이, 당신들의 존재 자체가, 오랜 세월 동안 시골을 지배해 온 불문율 규정을 깨고 만 것입니다. 당신이 여행자가 아닌 주민으로 오면서 그때까지 평온했던 그들 의식에 풍파가 일기 시작합니다.

즉 막연히 도시를 선망하거나 부담스러워 했던 마음을 당신 집이 시야에 들어올 때마다 절감하지 않을 수 없는 처지가 된 것입니다. 질투와 증오의 대상은 이렇게 해서 탄생합니다.

어쩌면 시골에서 가장 순진하고 소박한 사람은 다름 아닌 당신 자신일지 모릅니다. 대등한 왕래를 바라고, 진심으로 반갑게 대화를 나눌 수 있는 교류를 꿈꾸는 사람은 거기서 당신 혼자일 수 있습니다.

시골 사람들은 자연적으로도 경제적으로도 혹독한 환경에 처해 있으면서 결코 풍족하다고 할 수 없는 세월을 참고 견디어 왔습니다. 그런 이들이 도시인인 당신이 생각하는 순박이라는 개념만으로 과연 그런 환경을 이겨 낼 수 있었을까요. 순박이라는 개념은 도리어 시골 사람들의 목숨을 위태롭게 할 수 있는 부정적인 것입니다. 또한 소박이라는 표현에는 자신에게 어디까지나 충실하다는, 나아가서는 어디까지나 본능의 힘에 따른다는 의미가 한껏 포함되어 있습니다.

심심하던 차에 당신이 등장한 것이다

완곡함이 배어 있는 세련된 말투, 상대를 상처 입히지 않으려는 사려 깊은 대화 자세가 몸에 밴 당신으로서는 시골 사람들의 단도직입적인 표현이 상당히 부담스러울 것입니다. 거북하고 위화감이 들어 결국 교제를 끊는 사태에까지 이를지 모릅니다.

시골은 인구가 적어 시골 사람들은 늘 변화와 자극에 굶주려 있습니다. 그들은 지역 주민 모두의 성장 과정부터 최근 움직임에 이르기까지 시시콜콜 다 꿰뚫고 있습니다. 그러고도 무료하기 짝이 없는 일상인데, 마침 당신들이 나타나 순식간에 좋은 표적, 먹잇감이 됩니다.

처음에 그들은 당신과 당신 생활에 흥미와 동경을 품어 접근해 올 것입니다. 너무 많이 수확해서 처치가 곤란한 야채나 과일을 듬뿍 안고 찾아옵니다. 당신은 크게 감격할 것입니다. 바로 이거야, 내가 바라던 정이 넘치는 인간관계. 시골로 이사한 결정이 그르지 않았다는 것에 자신감은 더해 갈 것입니다. 도시에서는 절대로 있을 수 없는, 친밀하고 정 많은 적극적인 왕래에 신선한 기쁨마저 맛봅니다.

여기에서 한 가지 묻겠습니다.

그런 감동에 젖어 있는 당신은 왜 지금껏 이웃에게 다가가지 않았을까요.

인정머리 없는 도시에서는 무리라고 처음부터 포기하고 있었나요.

아니면 약간 시도해 보다가 호감을 얻지 못한 탓에 그만두었습니까.

아니면 그런 왕래를 본인도 귀찮게 생각하고 있었습니까.

아무튼 시골에서 살게 된 당신은 홀로 서지 못해 생긴 외로움 때문에 그런 유의 왕래를 환영한 것입니다.

그것은 당신이 몰래 그려 온 이미지 그 자체였을지 모릅니다. 마침내 염원 하나가 이루어졌다, 도시 생활을 접기 잘했다고 여길지 모릅니다.

하지만 그런 모습은 어디까지나 당신이 계속 품어 온 이상적이고 찰나적인 이미지일 뿐입니다. 탄탄하게 현실에 뿌리를 둔, 지속성이 있는 것이 아닙니다.

당신은 전반생을 통해 프라이버시의 경계선을 함부로 넘지 않는, 억제된 교류 쪽이 인간적이라는 해답을 내렸습니다. 가끔 그것이 냉정하게 느껴지더라도, 몇십 년이고 그런 관계를 유지해 온 것은 그 편이 편했기 때문입니다. 결국 나에게는 없는 것을 남에게 달라고 생떼를 부린 거나 마찬가지입니다.

그 결과 애초의 감격은 순식간에 사그라집니다. 자기 집과 다른 집을 그리 분명하게 구별하지 않아, 상대방 사정 따위는 개의치 않고 아무 때나 찾아와서는 부르는 동시에 서슴없이 방으로 들어오는 깔끔치 못한 왕래에 피로를 느낄 것입니다. 게다가 성장 과정, 직장 경력, 가족 구성, 친척 관계, 지병 유무 등을 캐물을 뿐 아니라 심지어 예금 잔고가 얼마인지까지 파고드는 통에 진절머리가 납니다. 결국에는 논두렁길 저 너머에서 오는 모습만 봐도 몸이 오싹해집니다.

117

그들에게 마을은 나의 집

시골에서 프라이버시가 보장된 적절한 왕래를 기대하기란 참으로 우스운 일입니다. 왜냐하면 그 지역 주민은 마을 전체를 하나의 집, 하나의 가족으로 봄으로써 혹독한 환경에서 비롯된 혹독한 인생을 여러 세대에 걸쳐 헤쳐 올 수 있었기 때문입니다.

각 가정이 뿔뿔이 흩어져 각자 인생의 어려운 문제에 대처할 수 있다는 것은 그만큼 생활이 윤택함을 증명합니다. 시골에서 보여 주는 놀라운 결속력은 가난을 이겨 내기 위한 필연적인 지혜였습니다. 이 점은 특별히 시골에 한정된 것이 아닙니다. 도시의 서민 주거 지역에서도 이런 교류를 볼 수 있습니다.

덧붙이면 옛날에는 마을 규정을 어긴 사람은 마을 출입을 못하게 하는 동네 따돌림이 있었습니다. 이것은 농사일에서 누구의 도움도 받지 못한다는 것을 의미합니다. 사느냐 죽느냐가 걸린 사형과도 같은 벌칙이었습니다. 하지만 실제로는 죽지 않을 정도에서 도움의 손길을 주었다고 합니다. 못 본 척 내버려 두지는 않았습니다.

하지만 당신은 농민이 아닙니다. 또한 그 지역에 도움을 주는 교사도 아니고 파출소에 근무하는 경찰도 아닙니다. 누군가 왕래를 끊었다고 해서 아플 곳도 가려울 곳도 없는 처지에 있습니다. 단지 외롭다는 이유로 자신 쪽에서 적극적으로 접근하거나 흥미 삼아 다가오는 상대방을 무턱대고 받아들이는 것은 좋지 않는 결과를 불러올지 모릅니다.

왕래를 후회하고 성가신 나머지 도시풍의 교류 방식으로 되돌리려고 한들 때는 이미 늦었습니다. 어느 날 갑자기 태도를 바꾸든, 충분한 시간을 가지고 서서히 그쪽 방향으로 끌고 가든, 최종적으로는 그 지역 주민 전원을 적으로 내몰고 마는 일이 될 것입니다. 말대꾸도 하지 않는다. 인사해도 반응이 없다. 이 정도라면 그래도 나은데, 있는 일이고 없는 일이고 소문을 퍼트립니다. 그러고도 기부금이나 분담금만은 꼭 받으러 옵니다.

당신이 무엇을 하든 당신을 향한 시선의 수가 줄어드는 일은 결코 없습니다. 줄곧 감시를 당하는 듯한, 숨막히는 상황에는 아무 변화가 없을 것입니다. 가까운 마을의 어느 슈퍼마켓에서 어떤 물건을 샀는지, 누가 오고 갔는지, 화단에 어떤 화초를 심었는지, 병원에 다니기 시작한 것이 무슨 병 때문인지 등등 그야말로 당신 부부에 관한 갖가지 정보가 상세하게 마구 나돕니다. 있지도 않은 불행한 정보까지 끊임없이 계속 돕니다. 시골에 몸담고 있는 한 이런 상황에서 벗어나기란 불가능합니다. 죽은 후에도 무리일 것입니다.

하지만 깔끔치 못한 왕래에도 익숙해져 마치 상조회 회원이라도 된 듯한 분위기에 안도감을 느낀다면, 그 유명한 "로마에 가면 로마법을 따르라."는 격언을 끌어안고 있는 자신을 발견하게 될 것입니다. 그 지역에 조금씩 동화되고 있다는 의식마저 싹트면, 시골 사람이 다 된 것 같은 자부심마저 듭니다.

물론 그것은 그 나름대로 아주 근사한 일입니다. 언제까지고 그 마음이 유지만 된다면야.

돌잔치에 빠지면 찍힌다

그런 당신에게도 머지않아 다른 문제가 생길 것입니다. 도시에서는 거의 문제가 되지 않을 일이 문제가 되고, 또한 힘겹게 선택하지 않으면 안 될 때가 반드시 찾아옵니다.

예를 들면 관혼상제 때입니다.

저 집 미수연(88세 생일을 축하하는 잔치)에는 가 놓고 어째서 우리 집 초대에는 응하지 않는가. 저 집 장례식에는 가고 왜 우리 집 때에는 얼굴도 들이밀지 않는가.

첫 손자 돌잔치, 시치고산 잔치(아이들이 잘 성장하도록 신사 등에서 기원하는 일본 전통 명절. 남자아이는 3세·5세, 여자아이는 3세·7세 되는 해의 11월 15일에 연다), 환갑잔치 등 일일이 챙기자면 끝이 없습니다.

하지만 시골에서 관혼상제에 관한 모든 의식은 만사를 제쳐 두고라도 참석하지 않으면 안 되는, 행사를 초월한 행사입니다. 그들 자신들의 존재를 확인하는 중대한 기회이기 때문입니다. 관혼상제가 목숨이자 인생의 전부라고 해도 과언이 아닐 정도입니다.

그런 가치관의 큰 소용돌이에 휩쓸리고 말았을 때 당신은 어떻게 할 생각입니까. 일일이 참석할 건가요. 축의금이나 부의금 봉투에 다른 사람들과 똑같은 금액을 넣고 집을 나설 건가요. 비록 도시에서 통용되는 금액보다 적을지라도 횟수가 많으면 놀림은 받지 않습니다.

무리를 해서 참석한들 타지 사람이라는 이유로 구석에 앉게 할 가능성이 큽니다. 모르는 사람끼리 모이는 곳에 가더라도 비슷한 취급을 받고, 물정 모르고서 자신의 의견이라도 주장하려고 하면 신참인 주제에 참견한다는 식으로 째려볼 게 틀림없습니다.

모임에 도시락을 대 주면 당선

그 무엇보다 더더욱 심각하고 이해가 안 되고 사리에 맞지 않는 문제가 있습니다.

바로 선거입니다.

실은 이것이 가장 골치 아픈 문제입니다.

당신은 시골의 선거 실태를 알고 있습니까. 도시에서도 내숭 선거를 하는 측면이 있습니다만 대부분 시골에서는 그것을 훨씬 능가합니다. 선거는 이름뿐인 바보짓인 경우가 많습니다. 민주주의고 의회정치고 다 소용없습니다. 도대체 어디에 개인의 권리가 있다는 것인지 그저 기가 막힙니다. 어떤 의미에서는 행사에 가까운, 말하자면 형식주의와 오락의 악취로 가득한 속임수가 버젓이 통하는 것이 시골 선거이기 때문입니다.

누구를 지지할 것인가 하는 개인적인 선택이 처음부터 무시됩니다. 투표일 훨씬 이전에, 일부 지역 유지들 타산에 따라 이미 결정되어 있곤 합니다. 유지들의 지시는 그 지역 주민들에게 깊이 침투되어 주민들을 일사불란하게 움직이게 합니다. 선거 당일에는 환자나 노인이라 할지라도 투표장으로 내몰립니다. 더러워진 1표라는 자각 따위는 조금도 없습니다. 훌륭한 국민의 한 사람이라는 긍지를 느끼며 투표를 합니다.

큰 이변이 없는 한 예상 득표수는 조금도 달라지지 않습니다. 지지하는 후보가 내세우는 황당하기 그지없는 정책, 날조된 호감도로 요란하게 치장한 인물 됨됨이, 경력 사칭에 가까운 이력 등은 어차피 본인의 욕심 정도를 나타내는 의미밖에 없지만, 그 일로 트집을 잡는 사람도 없습니다. 그런 말을 하는 사람이 있다면 상대 진영의 누군가일 뿐입니다.

　지역을 위해 무엇을 해 줄 것인가, 다리를 세워 줄 것인가, 도로를 만들어 줄 것인가, 병원을 세워 줄 것인가와 같은 수준의 이기주의라면 그런대로 이해가 갑니다. 하지만 실제로는 정기적으로 열리는 노인회에 술과 도시락 등을 넣어 주고 있는지 아닌지 같은 일로 당락이 결정되기도 합니다. 선거가 끝나고 나서 덮밥을 대접받기로 했다는 것을 자랑인 양 말하는 사람도 적지 않습니다.

　적은 액수지만 때로 현금이 나돌 때도 있습니다. 다른 후보에게서 더 많이 받고 배신을 하지 못하도록 투표 전날 밤에는 요소요소에 망보는 사람을 세우기도 합니다.

　특정 후보자를 지지하는 사람들 명단에 버젓이 자신의 이름이 적혀 있는 사실을 알았을 때 당신은 어떻게 하겠습니까. 그런 의사 표시를 한 적이 전혀 없는데도 말입니다. 격노해 항의하면서 이름을 삭제해 줄 것을 요구하겠습니까.

모임 자리에 나온 도시락이나 술이 표를 얻을 목적으로 제공된 음식물임을 알았을 때 당신은 먹고 마신 만큼 돈을 돌려주겠습니까.

지지하는 후보자가 누구냐는 질문을 받았을 때, 당신은 지역 주민들이 지지하는 사람과 동일한 이름을 자신 있게 말할 수 있겠습니까.

특정 후보자에게 1표를 던져 달라는 부탁을 받았을 때, 그것이 그 지역의 결정 사항이 되었다고 할 때, 당신은 주저 없이 순순히 따르겠습니까.

모두의 기분을 맞추느라 호의적으로 대답해 놓고서는 투표일에 자신이 지지하는 후보자 이름을 적고도 당신은 절대로 들키지 않으리라 자신합니까.

당신은 시골로 이주함으로써 이 나라를 떠받들고 있는 너무나도 한심스럽고 역겨운 정치 실태를 접할 수 있을 것입니다. 그리고 아무리 시간이 흘러도 진정한 의미의 민주주의 국가를 이룰 수 없음을 실감할 것입니다. 하찮은 먹잇감에 손쉽게 걸려들고 그것에 혼을 팔아넘기고도 그런 사실을 자각조차 못하는 국민이 뽑은 정치인이기 때문입니다. 그 정치인은 대부분 세금이라는 설탕에 몰려드는 벌에 지나지 않습니다.

공무원을 끌어들여 이권 다툼을 하는 악의 무리를 부추기는 것은 당신이 소박하다든가 순박하다든가 하는 딱지를 제멋대로 붙여 호감이 가는 이미지의 세계 속으로 끌어들인 바로 그 정치인들입니다.

위에 있는 자들만 나쁜 것이 아닙니다. 나라의 적이라고도 할 수 있는 그런 무리에게 국가를 맡기고 하나에서 열까지 모조리 떠넘겨 버린 국민도 나쁩니다. 작은 악의 무리가 모여 큰 악의 무리를 낳는다는 도식이 절대로 바뀌지 않음을 당신은 깨달을 것입니다. 또한 강자에게 지나치게 복종하여 눈앞의 이익만 얻으려는 국민성을 보고 깜짝 놀랄 것입니다.

요컨대 아주 오랜 옛날부터 지금에 이르기까지 품격 같은 고상한 말이 어울리는 국가나 국민은 한 번도 없었습니다. 따라서 현대인이 품격을 잃었다고 개탄하는 것 자체가 애초부터 오류입니다.

품격이란 어떠한 달콤함에도 어떠한 회초리에도 결코 굴하지 않고, 자신이 비록 틀렸더라도 권위나 권력에 아양을 떨지 않는 의연함 그 자체입니다. 내 생각으로 판단하고, 혼자일지라도 행동할 때에는 행동한다는 독립된 한 인간에게만 적합한 말입니다.

그 외는 짐짓 고상한 척만 하는, 품격과는 완전히 정반대되는 행동일 뿐입니다. 겉치레에 불과하고, 당찮은 경애 같은 것에 연연하는 행동입니다. 아니 그런 것을 끊지 않음으로써 재미를 보려는 짓에 불과합니다.

10장

친해지지 말고 그냥 욕먹어라

시골 생활을 시작할 때 그 지역 주민들과 접촉하는 정도를 미리 정해 두는 일은 아주 중요합니다.

그리고 이 아주 중요한 문제에는 단호한 양자택일밖에 없습니다. 말하자면 긴밀히 할 것인지, 거부할 것인지 둘 중 하나만 있습니다. '적당히'와 같은 중간적이고 회색적인 답이 도시에서는 있을 수 있어도 시골에서는 있을 수 없습니다.

한 가지 말씀드릴 수 있는 것은 어울리지 않고 미움을 사는 편이 어울리고 나서 미움을 사는 편보다 원망이 훨씬 더 적다는 점입니다. 후자의 경우 일방적인 원한을 사고 말아 회복 불가능한 상태에 빠질 수 있습니다. 결국 그곳에서 생활할 수 없어 야반도주라도 하지 않으면 안 될 처지로 내몰리기도 합니다.

배타적이고 폐쇄적인 지역 주민들에게 어떻게 해서라도 인정받고 싶어 적극적으로 접근하는 것은 피하는 쪽이 좋습니다. 주민으로 인정받기 위해서라면 어떤 타협도 사양치 않겠다는 식의 비굴한 태도는, 양쪽이 대등해야 한다는 교제의 기본을 스스로 무너뜨리는 일이 될 수도 있기 때문입니다.

성급한 이야기이지만, 얕보여 이후 계속 가볍게 취급받을지 모릅니다. 타지에서 온 사람인 데다 부려 먹기 좋은 종이라는 딱지까지 붙어 일이 있을 때마다 굴욕을 당하는 처지가 될 것입니다.

시골 사람들에게 흔히 있는 자학적인 부담감이나 지나친 자부심이란 뒤집어 보면 거만한 태도를 뜻합니다. 이주자인 당신이 그들에게 보이는 겸손함에 대한 반응이 예상과 다르게 나오는 경우가 많습니다.

지역 주민들과 교류하지 않으면 외로우리라는 약한 마음이 조금이라도 있다면 시골 생활은 처음부터 깨끗이 단념해야 할 것입니다.

도시는 금전적으로 성공한 소수의 사람이 놀고먹을 수 있는 곳이지만, 그렇지 못한 사람들도 그런대로 살아갈 수 있는 멋진 곳입니다. 하지만 시골에서는 심신이 모두 유별날 정도로 강하거나 몇 년만 살 사람이라면 모르겠습니다만 수십 년을 꿋꿋이 살아가기란 거의 불가능합니다. 당신이 거부(巨富)이고 하나에서 열까지 다 해 주는 일꾼이 아주 많다면 별개의 이야기이지만….

하루가 다 가도 모를 정도로
전념할 것이 있어야 한다

인구가 극히 적은 지역에서 새로운 인생을 시작하려

고 할 때에 가장 중요한 것은, 그곳에서 무엇을 할 것인지가 아니라 무엇을 하기 위해 그곳으로 가는지 처음부터 확실한 목표를 세우는 일입니다. 확실한 목표가 있느냐 없느냐가 시골 생활의 성패를 좌우할 것입니다.

유유자적하며 조용히 살고 싶다는 식의 추상적인 바람이어서는 안 됩니다. 그림을 그리기 위해, 도예에 전념하기 위해, 계곡 낚시를 깊이 연구하기 위해, 독서에 몰두하고 싶어서, 집안 사정 탓에 한때 포기했던 학문이나 연구를 다시 시작하기 위해서와 같은, 다른 일 따위는 중요하지 않다고 생각할 정도의 강한 목적이 없으면 그만두는 편이 좋을 것입니다. 그것도, 하면 할수록 심오함이 느껴지고 정신을 차리고 나면 하루가 다 지나갔을 정도로 모든 것을 잊고 몰두할 수 있는 것이어야 합니다.

가면 어떻게 되겠지 하고 손쉽게 생각하고는 시골로 이주합니다. 한동안은 멋진 풍경에 취하고, 단지 그것만으로도 행복과 충만감을 맛볼 수 있을 것입니다. 하지만 그런 날들은 결코 오래가지 못합니다. 부근에서 하는 행사를 모조리 보러 다니고, 어떤 모임이든 부부가 같이 참석합니다. 그것이 지겨워지면 이번에는 자신에게 맞는지 어떤지도 생각하지 않고 유행하고 있으니까, TV에서 보았으니까 등의 이유로 다양한 취미에 도전합니다. 필요한 도구를 전부 사서 갖춘 단계에서 또다시 다른 취미로 바꿉니다. 그렇게 취미를 계속 바꿔 가는 것이 취미가 되어 버립니다. 이렇게 시간과 돈을 낭비하는 식의 삶으로는 시골 생활이 힘듭니다.

이주자들과만 어울리면 사달 난다

그런데도 목적 없이 시골에서 여생을 보내고자 한다면, 당신은 도시에서 이주해 온 처지가 비슷한 사람과만 왕래해야 합니다. 가치관이 아주 비슷할뿐더러 적어도 필요 이상으로 사생활을 침해하지 않는 교제 원칙을 계속 지켜 갈 수 있기 때문입니다.

게다가 그런 동료가 많을수록 고독감이나 소외감에서 벗어날 수 있고, 그런 사람이 이웃에 산다면 떠돌이 강도에게 당할 위험성도 훨씬 줄어들 것입니다. 실제로 도시에서 온 사람들은 시골 이곳저곳에서 이런 식으로 서로 의지하며 사는 지혜를 발휘하고 있는 모양입니다. 이것은 너무나 자연스러운 결과라고 할 수 있습니다.

하지만 타지에서 온 사람들끼리 결속하면 할수록 그

들과 지역 주민 사이에 생긴 감정의 골은 깊어집니다. 그것이 언쟁의 불씨가 되기도 합니다.

TV에서 유럽의 아름다운 시골을 다룬 다큐멘터리 프로그램을 본 적이 있습니다. 도시에서 이주해 온 사람들과 지역 주민 사이에서 생긴 알력을 다루었는데 그것을 보면서 아아, 어디든 마찬가지구나 하는 생각에 고소를 금할 수 없었습니다.

도시에서 온 사람을 어떻게 보느냐는 질문에 한 지역 주민은 시무룩한 얼굴로 이렇게 말했습니다.

"저 사람들은 우리를 바보 취급합니다."

이 한마디에 시골로 이주했을 때 생기는 모든 문제가 집약되어 있다고 생각했습니다. 시골 생활이 좋은지 나쁜지는 별개의 문제고, 시골 사람들과 도시에서 온 사람들 사이에는 넘고자 해도 넘을 수 없는, 눈에 보이지 않는 높은 벽이 있습니다. 그것이 떡하니 가로막고 있는 것입니다.

이것은 제 생각입니다만 무리하게 그 벽을 허무는 등의 일은 하지 않는 편이 좋을 것입니다. 구걸하다시피 접촉을 시도하더라도 그때뿐으로 끝나 버릴 경우가 많습니다. 설령 서로 관계를 지속하더라도 서로 얼마나 다른지 부각되고, 양보할 수 없는 부분이 너무 많다는 사실만 절감합니다. 그 탓에 도리어 심사가 뒤틀려 수

습할 수 없는 지경에 이르는 경우도 있습니다.

거의 매주 방영되는 시골 찬가 프로그램이 있습니다. 이런 프로그램이 계속 생겨나는 것을 보면 그 나름대로 시청률을 얻고 있기 때문일 것입니다. 시골 생활에 관심 있고, 그 생활을 동경하는 중년 이상의 사람이 적지 않습니다.

하지만 TV는 공공성과 광고주의 의도 그리고 밝은 면만을 강조하는 오락성으로 인해 가장 중요한 문제를 피합니다. 심각하고 어두운 면을 드러내지 않도록 편집합니다. 전체적으로는 아주 잘못된 인식을 전달합니다. 그 때문에 그것을 진실로 받아들인 사람들을 비극의 구렁텅이로 밀어 넣을지도 모릅니다.

이런 종류의 프로그램은 결말이 정해져 있습니다. 새로 이주해 온 사람이든 그 지역 주민이든 가까이 사는 사람들이 한데 모여 사이좋게 술자리를 열고, 화기애애한 인간관계를 과장하는 시점에서 끝을 맺습니다. 사전에 너무 짜고 하는 느낌이 드는 장면도 있습니다.

그렇다 하더라도, 이미지 인간으로 바뀐 환상의 세대에게는 방송국의 그런 의도를 간파할 힘이 없을 것입니다. 자신들의 머리와 가슴을 차지하고 있는 이미지와 겹치는 상상화를 마주했을 때 그것을 좋다고 여기고 진실로 받아들이는 나쁜 습성이 붙어 버렸기 때문입니다. 그들이 그런 수많은 허상을 구실 삼아 결단하고 실제로 행동하고 있을 것을 상상하면 소름이 끼칩니다.

시골을 농락하는 수상한 사람들

도시에서 이주해 온 사람들이라고 해서 모든 것을 안심하고 어울릴 수 있을까요. 대답은 당연히 '아니오'입니다.

시골로 온 무리에는 어딘가 수상쩍은, 사기꾼 비슷한 이가 섞여 있기 때문에 늘 조심하지 않으면 안 됩니다. 시골에서 살 길을 찾지 않으면 안 되는 생계가 막막한 사람, 빚 갚기가 힘들어 도망쳐 온 사람, 도시에서 신용을 잃어 대접을 못 받게 된 사람, 감추고 싶은 과거가 있는 사람 등 아주 다양합니다.

특히 젊은 사람들에게는 더 주의를 기울여야 합니다.

자연이 너무 좋아서.

자연 속에서 사람답게 살고 싶어서.

멸종 직전에 있는 야생 동식물을 지켜 주고 싶어서.

원시 환경으로 돌아가고 싶어서.

지방의 토착 문화나 예술을 세계로 알리고 싶어서.

사랑의 상처를 입고 말아서.

질문한 것도 아닌데 상대편에서 이런 이유를 늘어놓는다면 일단 그 사람은 상대하지 않는 편이 좋습니다. 그들은 그 지역에서 뚜렷한 직업도 없이 말만으로 세상살이를 하려는, 그런 주제에 대의명분만은 찾고자 하는 교활한 철면피들입니다.

또한 마을을 일으키고 면을 부흥시키기 위해 지역 사회끼리 활발히 교류해야 한다고 거의 반강제적으로 부추기는 이들도 조심해야 합니다. 이들은 이대로 두면 마을과 면이 소멸해 버린다고 위기감을 조장하며 광고 이미지 비슷한 꿈같은 제안을 합니다. 그러다 예산이 내려오거나 후원자가 생긴 시점에서 활동의 주도권을 잡아 쥐고는 너무나 그럴싸하게 행동하면서 반은 놀면서 먹고살아 가려고 합니다.

그들은 시골 사람들 약점을 잘 간파하고 있고 자신의 본심 따위는 죽어도 드러내지 않습니다. 붙임성 있는 태도와 가식적인 상냥함과 미소로 일관하면서 오로지 접근할 기회만 노립니다. 단기간에 유대를 깊게 하려고 합니다. 특히 노인들이나 병자를 친절하게 대하는 연기를 보면 눈이 휘둥그레질 정도입니다.

지금껏 멸시당한 일은 있어도, 누구에게서 크게 칭찬받은 적은 한 번도 없는 지역 주민들은 그들의 이런 접근 방식에 곧바로 경계심을 늦추고 맙니다. 지금까지 유난히 새침스럽던 이주자들과는 다른 그들이라면 공존할 수 있을지 모른다고 생각합니다. 구세주일지 모른다는 생각마저 하게 됩니다. 하늘에라도 오를 것 같은 기분이 한동안 계속되어 뜯길 만큼 뜯기고 마는 서글프고 우스꽝스러운 결과를 낳게 됩니다. 빨아먹을 맛있는 즙이 없어지고 자신들의 정체가 드러나기 시작할 무렵 이들은 또다시 다음 먹이를 찾아 다른 시골로 흘러들어 갑니다.

그들에게는 공통된 특징이 아주 많습니다.

청산유수 같은 어조. 풍부한 표정. 한없이 밝고 그늘이 없는 웃음 띤 얼굴. 아무리 시시껄렁한 자랑이더라도 열심히 귀를 기울이고 이따금 맞장구도 쳐 주는 등 남의 이야기를 잘 들어 주는 자세. 너무나 드라마틱한 경력. 강한 자기도취.

그들은 시골을 떠도는 전문 사기꾼과 달리 자신을 범죄자라고 자각하거나 의식하지도 않습니다. 거짓과 허풍과 진실이 교묘하게 뒤섞인 아주 그럴듯한 자신의 이야기를 마음속 깊이 믿고 있고, 마치 자신이 그런 이야기를 다룬 드라마의 주인공이라도 된 양 취해 열심히 떠들어 댑니다.

그들은 때로 분위기에 편승하여 손익 계산을 하지 않

는 말과 행동을 하기도 합니다. 그 때문에 점점 더 주민들에게서 신용을 얻고, 앞뒤가 맞지 않게 되어 정체가 탄로 나기 전까지는 극구 칭찬을 받기도 합니다.

시골 사람들은 역대 탐관오리의 전형인 그 지역 책임자에게서 호되게 괴롭힘과 학대를 당하고, 오랫동안 그런 치들에게 복종할 수밖에 없었던 암울한 시대를 보냈습니다. 세상이란 어차피 그런 거다 하고 막 체념하고 있던 참이었는데, 백성의 종복이 되기 위해 달려왔습니다 하며 불쑥 그들이 나타난 겁니다. 조금의 주저함도 없이 진지한 표정으로 호언장담하고, 정의의 사자처럼 행동합니다. 겉치레뿐인 이미지 정책과 역한 퍼포먼스를 펴지만, 약자 편이라는 시늉을 당당하게 연기하는, 도시의 삼류 연예인 같은 그들에 사람들은 그야말로 여지없이 넘어갑니다.

의지할 것이라곤 약간의 지명도뿐인 위선자. 유치한 자기 현시욕을 부끄러운 줄 모르고 과시하는 어른아이. 다른 사람의 시선을 받는 것에 이상한 쾌감을 느끼고 그것 이상의 목적을 전혀 가지고 있지 않은, 이념을 장식품 이상으로 쓸 수 없는 약삭빠른 사람. 조금만 냉정한 시선으로 바라보면 바로 알 수 있는 이들의 진짜 모습에는 눈길도 주지 않습니다. 마치 인기인에게 몰려드는 팬처럼 일제히 달려들고, 받들어 모시고, 신처럼 치켜세우고 맙니다.

이럭저럭 시간이 지나 본심이 발각되고 차가운 시선을 보내는 주민이 늘어날 무렵에는, 떠돌이 극단 배우처럼 완전히 똑같은 수법을 쓸 만한 다른 지역으로 재빨리 떠나갑니다. 남겨진 주민들은 허탈해져 속아 넘어간 충격의 반발로 다시금 나쁜 무리를 선택하게 됩니다.

어쩌면 이 나라 국민 모두가 시골 사람일지도 모릅니다.

왜냐하면 도시에서도 왜 이런 싸구려 같은 치들을 우두머리로 뽑았나 하고 낙담하기 때문입니다. 참으로 정치적 능력이 손톱만큼도 없고, 속 빈 강정 축에도 들지 못하는 이들을 말입니다.

그렇지만 다른 나라들을 봐도 결국 어디든 다 비슷합니다. 국민의 대표로 적합한 실력과 인격을 갖춘 지도자를 발견하기란 불가능합니다. 눈앞의 이익에 홀려 뽑았거나 겉보기가 그럴싸해서 뽑았거나 둘 중 하나입니다. 그렇다면 인류 전체가 구제 불능인 시골 사람들로만 구성되어 있다고 받아들여야 할까요.

11장

엎질러진 시골 생활은 되돌릴 수 없다

맑디맑은 공기와 물 그리고 신선한 먹을거리에 둘러싸인 대자연 속에서 도시 생활에서 완전히 망가져 버린 건강을 되찾을 거야 하는 이기적인 바람을 간절히 품고 이주하는 사람도 적지 않습니다.

분명 도시를 뒤덮고 있는 공기는 너무나 좋지 않고, 수돗물은 끓이더라도 마시고 싶지 않지만 어쩔 수 없이 마셔야 하는 것입니다. 쉴 새 없이 들리는 소음과, 눈이 핑핑 돌아갈 정도의 잦은 변화와 이로 인한 스트레스가 병에 걸리는 한 원인임은 전문가들도 모두 인정하는 바입니다.

그렇다고 해서 시골로 거처를 옮김으로써 곧바로 건강을 되찾을 수 있다고 생각하는 것은 분명히 잘못입니다. 애써 환경을 바꾸더라도 생활 자체를 바꾸지 않고서는 맑은 물도 공기도 고요함도 그저 잠시 위안을 주는 정도의 조건에 지나지 않습니다. 요컨대 술과 담배, 폭음과 폭식, 밤샘 등을 완전히 그만두지 않는 한 아무 소용이 없습니다.

담배와 비교하면 자동차 배기가스는 이렇다 할 독성을 가진 것이 아닙니다. 또한 매일 안 마시면 배기지 못하는 술을 끊지 않고서는 당신 몸은 나이보다 더 빨리 늙어 가고 말 것입니다. 원흉은 담배와 술에 있습니다. 그리고 좋아하는 것을 실컷 먹는다는, 동물적인 식사 태도도 큰 문제입니다.

자신이란 자연을 먼저 지켜야 한다

시골로 이주해 와 자연 찬가를 구가 중인 문화인 부류가 급증하고 있습니다. 얼마나 자연이 아름다운가, 그 아름다운 자연을 어떻게 후세에 넘겨줄까를 그럴싸한 어조로 말합니다. 그런 내용을 써 출판하고, 강연을 하고, TV 출연을 반복합니다. 아주 근사하게 조합되었지만 대부분 겉치레인 그들의 말에 귀를 기울이기 전에 그들의 겉모습을, 그들의 몸을 먼저 보십시오.

뒤룩뒤룩 살이 쪄 나무 같은 데는 오르지도 못하고 경사진 길을 조금만 걸어도 숨이 차올라 버릴 것 같은, 건강하지 못한 추악한 육체. 술과 담배로 흐려진 눈. 둔한 반사신경. 감출 수 없는 의지박약.

그들에게서 볼 수 있는 것은 난잡한 생활과, 게으르고 협잡꾼 같은 정신과, 속까지 썩어 버린 혼뿐이 아닐까요. 가장 자연에 반하는 삶을 그만두지 못하는, 자연에 대한 사랑을 말할 자격 따위가 조금도 없는, 구제하기 힘든 인종이 아닐까요.

60년이나 살아온 당신이 어째서 그런 점도 간파하지

144

못하는 것일까요.

어쩌면 당신은 자연 속에서 살고 싶다는 말의 의미를 잘못 이해하고 있는 것은 아닐까요.

감정이 향하는 대로, 본능이 향하는 대로 사는 것이라고 오해하거나 자신의 형편에 맞는 해석을 하고 있지는 않을까요.

자연이라는 말을 남발함으로써 돌이킬 수 없는 지경에까지 빠져든 자신을 변호하려는 것은 아닐까요.

자연에서 배우지 않으면 안 될 것은 무엇보다 스스로를 다스리는 일입니다. 그리고 홀로서기를 추구하는 것입니다. 몸에 나쁜 것을 그만두지 못하는 야생동물은 곧 죽음을 통해 사라질 운명에 있습니다. 다른 것들에 의지하려 하거나 주의를 게을리하자마자 소리도 없이 슬며시 몸이 파멸되기 시작합니다.

자연과, 자연 속에 사는 동식물이 아름답게 느껴지는 것은 왜일까요. 그것은 바로 완벽한 겉모습을 유지하고 있기 때문입니다. 완전한 형태로 존재하고 있어 아름다운 것입니다. 칼깃 하나만 다쳐도 야생 조류에게는 치명상이 될 정도입니다.

그런데도 당신은 이 한 번 제대로 닦지 않고 나태한 생활만 하면서 몸을 비정상적인 상태로 매몰시킵니다. 반자연적이고 불완전하기 그지없는 오체를 노천온천에 담가 혈압을 올리고, 심장을 상하게 한다는 것을 충분히 알면서도 술을 계속 마시고 담배를 피웁니다. 별장지의 쓰레기더미 뒤지는 법을 터득한 곰처럼 역한 숨을 내뿜으면서 상공을 가로지르는 보름달을 마치 문인이라도 된 양 생각에 잠겨 바라봅니다. 그러면서 자연과 하나라도 된 것 같은 착각에 흠뻑 취합니다.

당신에게 가장 친근하고 중요한 자연은 당신 자신입니다. 그 자연도 지키지 못할 사람이 어떻게 대자연을 지키고 사랑할 수 있을까요.

굳이 시골로 이사 온 것이 더 건강치 못한 나날을 보내기 위해서였습니까.

그런 것을 노린 시골 생활이었던가요.

직장의 비호를 받던 무렵의 당신은 시키는 대로 일을 하는 개였을지 모릅니다. 지나칠 정도로 관리를 받고 있었기 때문에 그럭저럭 버티기는 했습니다. 하지만 체력이 약해져 주인에게 도움이 안 된다는 이유로 목줄이 풀렸고, 그 순간 들개나 다름없는 처지로 내몰려 버렸습니다.

그때부터 당신은 쇠약 일로의 체력과 기력, 얼마 남지 않은 예금과 연금에 의지하면서 늙고 고독한 육신을 짊어지고 살아가지 않으면 안 됩니다. 지금까지와 같은 철철치 못한 삶은 통할 리가 없습니다. 절실히 근

146

본부터 바꿀 필요가 있습니다.

하루에 1만 보라는 운동도 좋지만 그런 것을 하기 전에 그만두지 않으면 안 될 것이 분명 있습니다. 우선 술과 담배를 끊읍시다. 그것도 아주 완전히 말입니다. 인생 2막은 거기에서 시작하지 않으면 안 됩니다.

연구원들 탓에 술과 담배 맛에 길든 실험용 원숭이 같은 운명을 더듬는 것이 인간다운 삶이라고 생각하십니까.

인간은 약한 존재라는, 예전과 변함없는 핑계를 대며 비인간적인 여생을 보낼 생각입니까.

당신은 그것으로 진정 만족하십니까.

당신은 인간입니다. 본능을 거스르려면 그럴 수 있는, 이성과 지성을 겸비한 인간입니다. 당신은 분명 원숭이 같은 존재가 아닙니다.

내가 술과 담배를 끊을 수 있는 인간이었다면 훨씬 전에 그렇게 하였을 것이라는 식의 반론은 당신이 자주 인용하여 이제는 입버릇처럼 되어 버린 "인간이란 모두 고만고만하다. 한 껍질 벗기면 다 같다."는 논리와 모순되지는 않습니까. 이 이치가 타당하다면 누구나 술과 담배 그리고 노름을 그만두지 못할 이유는 없지 않을까요.

술과 담배가 당신의 몸과 마음을 점령하고 있습니

다. 요컨대 당신의 몸과 마음은 당신 것이 아니라는 말과 같습니다. 진정한 당신은 이미 죽어 버린 것일까요.

사회적 지위를 만족시켰는지 아닌지로 승리자와 패배자를 가르는 것은 큰 잘못입니다. 진정한 패배자란 자신을 제대로 다스리지 못하거나 다스릴 방향을 잡지 못한 사람을 이를 때 써야 할 것입니다. 그리고 인간적이라는 표현은 어디까지나 지성과 이성에 부합하게 사는 것을 익미히지 걸고 그 반대는 아닙니다. 동물로 태어나 동물인 채로 일생을 보낸 인간이야말로 진짜 패배자입니다.

패배자인 당신을 자연이 환영해 줄 리는 절대 없습니다. 오만한 신념에 젖어 자연에 깊숙이 헤치고 들어온 당신 목숨을 순식간에 앗아가 버릴 것입니다. 중·노년들이 등산을 많이 하는 요즘 급증하는 조난 사고가 이런 사실을 단적으로 보여 줍니다.

젊음을 흉내 내야 할 만큼
당신 젊음은 참담하지 않았다

그건 그렇다 치더라도, 고령인 등산객들이 마구 떠들어 대는 모습은 대관절 무슨 풍경일까요. 열차에서

야단법석을 떨거나 지역 슈퍼마켓에 들러 필요한 것들을 살 때 그 천진함만큼이나 어쩐지 기분 나쁜 큰 웃음 소리는 대체 무슨 의미일까요. 까딱 잘못하면 목숨을 잃을 확률이 많은 등산이라는 위험한 행위를 이제 막 하려는 사람들이, 더욱이 쇠약하다는 결함을 안고 있는 육체를 가진 사람들이 마치 초등학생들이 소풍 갈 때처럼 들떠 있는 것은 대체 어찌된 일일까요.

자각이 부족하다든지 인식이 무디다고 하기 전에 다른 의문이 들고 맙니다.

당신들은 어째서 남은 인생을 그리도 충실하게 보내려고 아등바등하는 것일까요. 그렇게 하지 않으면 손해라도 보는 것처럼, 수명이 단축될 것처럼요. 그것을 정말로 자신이 좋아하는지 아닌지도 확인하지 않은 채 말입니다. 등산이 유행이라면 등산에 손을 내밀고, 훌라댄스가 유행이라면 훌라댄스에도 기웃거립니다. 그렇게 무리를 하면 몸을 망치고 만다는 것을 뻔히 알면서도, 상술 좋은 사기꾼들의 교묘한 말에 그대로 넘어가 조종을 당하는 데에는 어쩌면 그들 나름의 이유가 있을 것입니다.

나이에 맞는, 좀 더 안정적이고 자기다운, 심오한, 그야말로 인생 2막이라고 할 중후한 삶을 선택하려 하지 않는 것은 왜일까요.

그런 자신이 아직 완성되지 않은 중고생들과 거의 다를 바 없다고는 생각지 않습니까.

아니면 중고생 시절로 돌아가고 싶습니까.

겉모습만 젊게 꾸미면 청춘 시절을 되찾은 기분에 잠길 수 있다고 진심으로 생각하십니까.

청춘이 그리도 부럽습니까.

그렇게 체면을 내던져 가면서까지 흉내를 내지 않으면 안 될 정도로 당신 청춘은 참담하였습니까.

오히려 추한 몰골을 더 드러내 보이는, 예를 들어 치어걸 같은 분장을 하고 홀로 거울 앞에 섰을 때 수치심이 들지는 않나요.

문득 자신을 되돌아보고 제정신으로 한 짓이 아니라고 느끼는 순간은 없을까요.

젊음을 되찾았다는 착각에 빠질 수는 있습니다. 하지만 그것이 진정 살아가는 기쁨을 만끽하고 있는 것이라고 자신 있게 말할 수 있을까요.

플랫폼에 내려선 중·노년 등산객 무리를 관찰할 기회가 있었는데, 그들의 들뜬 모습에서 본래의 목적이 아닌 노리는 다른 무엇이 있음을 느꼈습니다. 40여 년 전에 줄곧 보아 왔던 광경을 생생하게 떠올렸습니다. 스키와 등산이 젊은이들 사이에서 유행한 적이 있는데, 스키장이나 산 그 자체 때문이 아니라 실제로는 스키장이나 산이 남녀 교제를 위한 만남의 장이었기 때문입니다. 지금은 굳이 그런 한심한 생각이나 위험한 생각을 하지 않더라도, 시간과 비용과 체력을 쏟아 붓지 않더라도 아주 손쉽게 단체 미팅을 할 수 있고, 심지어 매일이라도 만날 수 있는 장이 있습니다.

어쩌면 중·노년층의 폭발적인 등산 붐은 그들의 청춘 시절이 짙게 반영된 것일지도 모릅니다. 이성을 만날 때의 설렘이 무의식적으로 그들을 부추겼는지 모릅니다. 플랫폼에서 본 색다른 광경에서 저는 이런 인상을 지울 수 없었습니다.

아직은 한창 여자이고 싶다. 여자로서 한두 번 영화를 누려 보지 않고서는 차마 죽을 수 없다. 아이들을 이럭저럭 키우고 사회에 내보낼 수 있게 되어 이제 겨우 한숨을 돌리려는데, 이번에는 아이들보다 손이 더 가는 '묵은 남편' 돌보기로 세월을 보내지 않으면 안 됩니다. 야박한 현실에 진절머리가 납니다. 과연 자신은 지금껏 여자로 살고 여자로 취급받은 적이 한 번이라도 있었을까 하는 의문에 시달립니다.

그러다 어느 날, 상식의 끈이 툭 끊어져 버립니다. 이렇게 된 이상 뒷일은 이제 내 멋대로 하는 수밖에 없다고 뜻을 굳혀, 늘그막의 사랑 같은 케케묵은 말은 뒤로한 채 환상도 이만저만이 아닌 연애거리에 빠져듭니

다. 급기야 만연하는 황혼이혼을 결심하고는 멜로드
라마의 여주인공 흉내도 내 봅니다. 하지만 막상 그것
을 실행에 옮기면 가차 없는 현실에 바로 뭇매질당합
니다. 분수도 모르는 늙은이, 그런 꿈 따위가 실현될
리 만무한 노인이라는 절대적인 답에 호되게 당합니
다. 극적인 것과는 거리가 먼 수수한 삶이더라도, 땅에
발을 붙이고 후반생을 계속 그렇게 보냈어야만 했다는
당연한 후회에 시달립니다.

하지만 남편도 가정도 잃고, 조금이나마 남아 있던
재산도 바닥나고, 친구에게서도 버림받습니다. 교양
이 넘치고 품위 있으며 남자다워 의지했던 연애 대상
도 결국에는 남편과 비슷비슷한 '이미지 남'에 지나지
않는다는 사실이 명백해집니다. 더욱이 그런 하찮은
남자에게도 버림을 받아 여생은 한층 더 고독해집니
다. 그 잘난 연애 때문에 이렇게 된 것이니 후회는 없
다고 자신에게 변명하는 것도 전혀 통하지 않게 되어,
오로지 비참한 죽음만이 기다리는 최후를 향해 돌진합
니다.

정신은 온전하십니까.

한평생 사랑에 목숨을 거는 것이 여자라는 투로 지껄
이고, 섹스 중독증에 걸려 인생을 망친 여류 작가나 가
수를 동경해 그들의 야수 같은 삶을 보통의 건실한 여

성이 실천한다면 어떤 결과를 초래할지 생각해 본 적이 있습니까.

그런 점을 냉정하게 생각할 수 있는지 없는지에 따라 인생 2막의 가치가 결정됩니다.

엄마도 아내도 지쳤다

한편, 남편인 당신도 시골로 이주하는 경솔한 꿈을 꾸기 전에 자신이 과연 어느 정도의 남자인지 충분한 시간을 들여 생각해 보는 것이 어떨까요.

남녀평등이 하나의 선전 문구이기도 한 민주주의를 미국이 강요했더라도 완전히 사라질 리 없는 남존여비 시대에 당신은 태어나 자랐습니다. 그 덕에 주군 대접을 받으며 살았을 텐데, 이런 것을 단점으로 생각한 적이 있습니까.

가까이에 있는 여성들에게서 가려운 곳을 긁어 주는 것과 같은 보살핌을 오랜 세월 받아 왔습니다. 그 사이에 무엇을 잃고, 무엇을 몸에 익히지 못했는가에 대해 숙고한 적이 있습니까.

요컨대 당신은 홀로 우뚝 선 한 인간이 될 기회를 깡그리 빼앗긴 채 나이만, 육체만, 생식 기능만 갖춘 성인이 된 것입니다. 아직 사람 몫을 반밖에 못하는 어른으로 사회에 배출된 것입니다. 그런데도 이럭저럭 사회인으로 통용되어 온 것은, 일본의 남성 사회 전체가 시대에 뒤떨어진 체질에서 벗어나지 못하고, 오히려 그 왜곡에 만족해한 측면이 있었기 때문입니다. 요컨대 어느 남자든 그렇다는 핑계로 당신도 허용이 되고 인정을 받아 온 것뿐입니다.

모친의 극진한 헌신과 봉사 덕에 당신은 겉만 번지르르한 성인 남성으로 세상에 나아갑니다. 결혼해서는 아내라는 제2의 모친에게 여러모로 신세를 집니다. 그런 자신의 입장을 당연하게 받아들여 의문 따위는 품지 않습니다. 오히려 소녀 같은 낭만과 환상을 버리지 못하면서도 자신을 남자다운 남자라고 자부합니다. 거짓된 충실감과 성취감을 맛보면서 정년퇴직을 맞이하여 현재에 이르렀습니다.

그 사이에 당신 배우자는 여자로서 겪는 이런저런 모순을 깨닫고 크게 의문을 품습니다. 사회 흐름을 보는 시야가 넓어져 분노도 느낍니다. 그러면서도 세상이 그러니 따르자고 체념하고, 어떻게든 단념하려고 노력도 해 왔습니다. 하지만 어느 날을 경계로 이런 남편과 하루 종일 얼굴을 맞대고 있지 않으면 안 되는가 하는 생각이 고개를 듭니다. 마침내 인내의 한계를 넘고 만 것입니다.

은퇴한 뒤 집에서 뒹굴거리기만 하는 남편. 본인은 아무것도 하지 않으면서 이거 해라 저거 해라 명령합니다. 감사하는 마음이라곤 눈을 씻고 봐도 찾을 수 없습니다. 완전히 긴장감이 풀려선 TV 앞에서 아침부터 저녁까지 맥주나 연거푸 마십니다. 이런 굼뜨고 게으른 남편을 차가운 시선으로 바라보기라도 한다면 그나마 다행입니다. 하지만 그런 상태가 오래갈 리 만무합니다. 극심한 스트레스에 시달리던 배우자가 마침내 오랜 세월에 걸쳐 쌓고 쌓아 온 불평불만을 크게 터뜨릴, 대폭발 날이 오고야 맙니다.

은퇴 전에 당신은 꿈꾸던 인생 2막에 대해 열심히 늘어놓았습니다. 우선 오붓하게 해외여행을 가자로 시작해서, 같은 취미 생활을 하고, 장도 같이 보러 가며, 어떤 일이든 터놓고 이야기를 나누자 합니다. 다른 사람도 부러워하는 멋진 노후를 보내고, 같이 누울 묫자리도 찾자 계획합니다.

하지만 은퇴하자마자 당신은 마치 혼이 나가 버린 것처럼 집에만 틀어박혀 생각하는 일도 움직이는 일도 하지 않습니다. 먹고 마시고 자기만 하는, 산 사람과 죽은 사람의 중간 같은 성가신 존재로 변해 배우자를 하루 종일 압박합니다.

도대체 어떻게 되어 버린 것일까요.

일 자체나 대인관계에서 오는 긴장을 느낄 필요가 없어지고 시간에 구속당하지 않게 되어 마음이 완전히 풀어졌기 때문일까요. 분명히 그런 면도 있습니다.

하지만 그것이 진정한 원인은 아닙니다.

그것은 당신이 홀로서기를 한 성인 남성이 되지 못했고 되려고도 하지 않았으며 어린애의 혼을 가진 채 60년을 지내 왔기 때문입니다. 명령을 받아야만 움직이고 자신의 의지로는 움직일 수 없는 목각 인형, 타율적인 빈껍데기 인생밖에 살아오지 않았기 때문입니다.

요컨대 당신은 다시금 어린애 시절로 돌아가고 만 것입니다.

엎질러진 시골 생활은 되돌릴 수 없다

방심한 날들이 한동안 계속되어 배우자에게 시달리자 당신은 괴로운 나머지 시골 생활이라는 단박에 역전 홈런이 될 만한 해답을 내놓았습니다. 괜스레 감동까지 하면서 내뱉은 그 말 어디에도 신중함 따위는 없습니다.

싸구려 꿈을 잘라서 파는 식의 수법으로 만들어진,

억지로 해피엔딩으로 결말을 짓는 TV 프로그램. 인구가 눈에 띄게 줄어드는 지방자치단체와 결탁한 부동산 업자의 사탕발림 광고. 이런 달콤한 이미지밖에 받아들이지 못하는 당신의 유치한 뇌는 자극을 받고 촉발됩니다. 그리도 꿈쩍 않던 자리에서 가볍게 일어나 이것 이외의 길은 있을 리 없다는 기세로 인터넷 검색에 몰두합니다. 간단히 손에 넣은 정보에는 중요한 정보가 쏙 빠져 있다는 사실에는 눈도 돌리지 않고, 단 며칠 사이에 후보지를 압축하기에까지 이릅니다.

그리고 불안한 기색을 보이는 배우자에게 동의도 구하지 않고 딱 잘라 선고합니다. 아름다운 자연 속에서 멋진 여생을 보내야 하지 않겠느냐고. 생동감 넘치는 어조로 거침없이 말합니다. 그 표정은 배우자가 오랜만에 보는 남자다운 모습입니다.

당신은 배우자를 꼬드깁니다. 이렇게 너저분한 도시의 비좁고 숨 쉬기 힘든 한구석에서 아무리 살아 본들 별반 달라질 것은 없다, 설사 호화 맨션에서 살 수 있는 신분이더라도 콘크리트 정글에 서식하는 한 마리 쥐에 지나지 않는 존재가 아닌가, 그리고 머지않아 분명히 대지진이 닥쳐온다, 지금이야말로 도시 생활을 단념하기에 좋은 기회가 아닌가, 아무튼 현지를 이 눈으로 확인하고 와야 하지 않겠느냐고 말입니다.

갑자기 다시 살아난 것 같은 남편 모습에 아내는 거의 압도되어 다소나마 마음이 움직입니다. 정원 손질에 열중하고 아름다운 꽃과 작은 새들의 지저귐에 둘러싸인 자신의 모습이 힐끗 뇌리를 스칩니다. 그 순간 소녀 시절에 품었던 이런저런 꿈들이 큰 파도처럼 밀려옵니다. 마음이 기쁘지 않고 줄곧 정체 모를 압박감에 시달려 온 것은 메마른 도시 생활 탓이리라 생각합니다. 시골에서 살 깃인지 아닌지는 차치하고 어찌되었든 작은 여행은 할 수 있으니까 하는 생각에 그 꿈에 편승하기로 결정합니다.

그것도 신록이 막 돋는 가장 좋은 계절에 시골을 방문합니다. 그래서 아내는 더할 나위 없는 기분을 맛보았음에 틀림없습니다. 끝없이 펼쳐져 있는 푸른 하늘, 작은 시냇물 소리, 형형색색 만발한 들꽃 그리고 그때의 훈풍, 해방감, 여유로움 등은 살림살이에 찌든 당신 배우자를 순식간에 매료시킵니다. 메말라 가던 마음에 활력을 불어넣습니다. 어느 누군가가 상술용으로 유행시키고, 그저 느낌이 좋다는 이유로 대중매체들이 쓰기 시작한 '슬로 라이프'라는 말을 꼭 끌어안습니다. 도시로 돌아가는 것이 싫어질 지경에 이른 것입니다.

현실에서 눈을 돌리고 싶어 하는 당신보다 더 신중한 것은 분명 배우자입니다. 하지만 겨우 반나절 현지를 돌아보고서는 완전히 당신과 같은 마음이 되고 맙니다. 고작 슈퍼마켓까지의 거리, 종합병원의 유무, 적설 정도 등을 확인하는 것으로 만족합니다. 때로 여자의 직감이 예상과 달리 터무니없는 결과를 초래한다는 사실도 의식하지 않고 당신의 무모한 결단에 동조한 것입니다.

그때 당신들의 눈길은 바로, 낯선 땅에서 좋은 부분에만 마음을 빼앗기며 지나가는 여행자의 시선이었습니다. 하지만 여행하는 사람과 정착해서 사는 사람의 입장은 크게 다릅니다. 요컨대 당신들은 인생에서 최대이자 최악의 충동구매를 하고 만 것입니다. 실패했을 때의 후회가 흔한 후회의 범위를 넘어서는 너무나 어리석은 짓을 한 것입니다.

당신의 시골 생활의 정점은 땅을 사고, 집을 짓고, 그 지역으로 이주했을 때입니다. 신축 기념, 이사 기념, 새 출발 기념을 하려고 도시에서 사귄 친구들을 초대해 마당에서 바비큐 파티를 연 날이 행복의 절정이라고 할 수 있습니다.

그것은 바로 당신들이 친구나 지인들의 시선을 행복의 기준으로 삼았기 때문입니다. 다른 사람이나 가까운 사람들이 부러워하는 것을 보면 자신의 선택이 틀리지 않았다고 확신하는 것입니다.

하지만 빠르면 수개월, 늦어도 몇 년 후에는 권태감과 고독감과 좌절감에 휩싸이는 처지가 될 것입니다. 낮에는 그다지도 눈부시던 광경이 해가 지기 무섭게 깊이를 알 수 없는 암흑에 휩싸이고 맙니다. 어둠의 깊이에는 시간이 흘러도 익숙해지지 않을 뿐만 아니라 들짐승에게 잡아먹히는 약한 동물로서의 방어 본능이 밤마다 살아나 알 수 없는 불안감에 시달립니다.

어느 사이에 도시 친구들도 들르지 않게 되고, 지역 주민들과 삶의 방식이 달라 지칠 대로 지쳐 갑니다. 자연에서 받는 감동은 점점 줄어들고, 자연이 주는 위협에 겁을 먹게 됩니다. 자연은 결코 이미지가 아니라, 삶과 죽음이라는 절실한 문제를 끊임없이 제기하는 현실 그 자체라는 당연한 사실을 새삼 깨닫게 됩니다.

12장

시골에 간다고 건강해지는 건 아니다

아무리 건강에 유익한 쾌적한 환경에 놓여 있더라도, 노화의 진행 속도를 다소 늦출 순 있어도 노화 자체를 막을 수는 없습니다. 당신 육체는 온갖 좋다는 영양제로 보충을 한들, 따라잡을 수 없는 무서운 기세로 쇠약해져 갑니다.

그것이 노화라는 것입니다.

병원에서 정기적으로 진찰을 받는 것도 중요합니다만, 의사에게 기대기 전에 마시고 싶은 대로 마시고 먹고 싶은 대로 먹는 습관을 바꾸는 쪽이 훨씬 더 중요합니다. 그런 무책임한 식생활이 삶의 낙이라는 것은 참으로 어리석고 참으로 딱한 인생임을 말해 주는 것뿐임을 빨리 깨달아야 합니다.

안이한 생각으로 하루하루를 무절제하게 보낸 것이 나중에 어떤 결과를 초래했을 때 당신은 이렇게 될 것을 각오하고 계속해 왔기 때문에 이제 와서 바동대지 않겠다고 초연할 수 있습니까. 그리 간단히 죽도록 내버려 두지 않는 온갖 모진 병과, 늘 따라다니는 고통과, 간신히 목숨만 부지하게 하는 길고도 긴 투병생활을 별 저항 없이 받아들일 수 있습니까.

설령 단단히 각오했더라도, 간병을 해야 할 당신 배우자는 상상을 초월할 정도로 부담스러워하리라는 사실을 분명히 인식하고 있습니까.

건강이 자랑거리인 연로한 모험가를 TV에서 이따금 접하다가 그 사람 얼굴이 술로 인해 찌그러져 있다는 사실을 알았습니다. 아무리 평소에 영양 균형이 좋고 근력 운동을 하더라도 칼로리나 술 등을 과도하게 섭취하면 건강할 수가 없습니다. 요컨대 운동보다도 올바른 식사 습관을 제대로 몸에 배게 하는 편이 우선시되어야만 합니다.

문제가 되는 것은 식사의 내용과 양입니다. 술이나 담배 등은 논외입니다. 어떤 음식을 어느 정도 섭취하면 좋을까 하는, 만인에게 통하는 해답은 전문가들도 좀처럼 제시하지 못하는 것 같습니다. 그런데도 조금씩 연구가 진행되어 대략적인 내용은 밝혀지고 있습니다. 하여튼 배가 좀 덜 부르게 먹거나 그 이하로 억제하면 성인병에 걸리지 않고 살 수 있는 확률이 훨씬 크다는 점은 틀림없어 보입니다.

하지만 평소에 올바르게 식사하고, 적당히 운동하고, 취미나 일에 몰두하고, 충분히 잠을 자도 유전적 요인에 의해 병에 걸리는 경우도 있습니다. 어제까지 그렇게 좋았던 몸 상태가 오늘 갑자기 달라져 도대체 어찌된 영문인지 전혀 알 수 없는 상태로 쓰러지고 마는 것입니다.

그것이 노후의 현실이라 할 수 있습니다.

의사만 믿다 더 일찍 죽는 수가 있다

병은 당신에게 죽음을 각오하라고 예고하는 것이기도 합니다. 목숨이란 이렇게 해서 끝나 가는 것임을 암시하기 위한 것들이 병입니다.

급속하게 또는 서서히 약해져 가는 몸을 자각했을 때 당신은 어떻게 할까요. 의료 효과를 믿고 의사에게 모든 것을 맡기고는 연명을 꾀하고자 할까요.

아니면 우리 의사들과 함께 싸워 보지 않겠느냐는 투의 선동에 놀아나는 것이 너무나 싫어, 야생동물의 최후를 본받아 자연스럽게 쇠약해져 가는 흐름에 몸을 맡기겠습니까. 혹 여유가 있을 경우에는 온화한 미소를 지으면서 배우자에게 이별의 말을 중얼거리고, 마음 편하게 이 세상을 뜨는 선택을 하겠습니까.

그 어느 쪽을 택하든 당신의 자유입니다만, 혹시 병원 신세를 져야 할 경우에는 완전히 모든 것을 의사에게 맡기기만 하는 비자립적인 길만은 피하는 편이 좋을 것입니다. 그것은 환자로서 태만한 선택일 뿐만 아니라 아주 위험한 일입니다. 당신 몸이고 당신 목숨이지 의사 것이 아니라는 자각을 확고히 계속 유지하는 것이 중요합니다.

의료진에 대한 전폭적인 신뢰라는 것이 말로만 듣기

좋은 소리라는 점은 사실입니다. 누구도 아닌 당신 목숨을 전문가라는 이유로 몽땅 타인에게 맡기는 것은 홀로서기 정신에 반합니다. 개인의 존엄을 스스로 내던져 버리는 어리석은 행위에 지나지 않습니다.

그렇다고 해서 시골 의사는 솜씨가 없네, 믿을 수 없네 운운하려는 것은 아닙니다. 당신 병이고 생사가 걸린 문제니, 당신 자신도 그 병에 대해 공부하는 것이 당연하다는 말씀을 드리고 싶은 것입니다. 비전문가의 깊이 없는 견해는 도움이 되지 않는다고 생각하지 말고, 그래도 알아 둬야 할 정보는 모두 손에 넣어야 합니다. 의사의 판단에 의문을 제기하고 대항할 정도의 지식은 갖출 필요가 있습니다.

그렇지 않으면, 실수할 수도 있는 인간인 의사의 일방적인 결론을 그대로 받아들이게 됩니다. 어떤 일을 당하는지 제대로 알지 못하고, 다른 치료 방법이 있다는 것조차 깨닫지 못한 채 말입니다. 혹시 오진이나 중대한 의료 과실이 있었을지 모르는데, 좀 더 오래 유지할 수 있었을지 모를 수명을 어이없이 단축하는 결과를 낳을 수도 있습니다.

제가 믿고 친하게 지내는 편집자가 마흔이라는 젊은 나이에 어느 날 갑자기 암 선고를 받고 말았습니다. 종기치고는 커, 이보다 나은 곳은 없으리라 높이 평가받는 도내의 유명한 병원에서 진찰을 받았습니다. 근육을 좀먹는 아주 희귀한 암이란 결과가 나왔습니다.

의사는 암세포가 커지는 일은 있어도 절대로 작아지는 않는다고 단정하고는 즉각 수술을 권했습니다. 본인도 그 의견에 동의를 했습니다만, 연말이라 바쁘기도 해서 수술일이 몇 번이나 연기되었습니다. 불행 중 다행이라고 해야 할까요. 환자는 그 틈에 암과 암 치료에 관한 지식을 얻을 수 있었습니다.

또한 병원 측의 움직임을 냉정하게 관찰할 수 있게 되어 갖가지 의문점과 마주하게 되었습니다. 우선은 이 검사가 정말로 필요한 것인지 의문을 품고 무의미하다고 판단했을 때에는 단호히 거부했습니다. 주는 약의 효능과 부작용에 대해 상세한 설명을 요구하고, 그 병원 의사와 다른 의견을 가진 다른 병원 의사의 의견도 받아들이기로 했습니다.

이윽고 환자는 대부분 의사가 환부 그 자체를 소멸시키는 것밖에 염두에 두지 않는다는 결론에 이르렀습니다. 그것도 3개월이라는 짧은 기간에 매듭을 지으려고 말입니다. 암세포를 죽이고 제거하면 건강을 되찾고 쓰러지기 전의 일상생활로 돌아갈 수 있다는, 아주 조잡한 발상입니다. 환부를 항암제와 방사선 등으로 공격하고 나서 깨끗이 잘라내 버리는, 그런데도 전이되었을 때에는 이런 처치를 반복해야 하는, 손쉽고도 단순한 방법입니다.

그런데 어느 의사고 환자가 그때까지 어떤 생활을 해왔는지는 묻지 않았다고 합니다. 인과관계의 핵심에 접근하는 극히 중요한 질문은 전혀 하지 않은 겁니다. 불규칙하고 엉망진창인 생활 자체에 문제가 있었기 때문에 면역력이 떨어져 그렇게 되고 말았다는 것에 대해서는 도무지 관심을 보이지 않고, 오로지 눈앞에 보이는 환부를 절제하는 것에만 관심을 보입니다. 퇴원한 이후에는 그때까지와는 다른 생활을 해야 한다는 점도 전혀 언급하지 않았다고 합니다.

어느 날 이 편집자는 간호사가 병원 안에 있는 편의점에서 잔뜩 산 도시락을 전자레인지로 데우는 것을 목격합니다. 그것이 의사도 먹는 점심이라는 사실을 알았습니다. 그렇게 보잘것없는 식사를 하고, 힘에 벅찰 정도로 많은 환자를 떠맡고, 눈 밑에 다크서클이 생길 정도로 자신의 건강도 관리 못하면서 일해야 하는 의사들에게 과연 자기 목숨을 맡겨도 좋을지, 아무리 전문가더라도 하라는 대로 해도 괜찮을지 의심하게 되었습니다.

더 나아가 병원 안을 왔다 갔다 하는 환자들이 마치 망령의 무리처럼 보였다고 합니다. 이런 곳에서 복종만 하는 날들을 보내면 언젠가 자신도 그들처럼 살아 있는 시체 취급을 받아 살릴 수 있었던 목숨도 살리지 못하는 것은 아닐까 하는 위기감이 들었다는 겁니다. 결국 만류하는 의료진을 뿌리치고 병원을 뛰쳐나왔습니다.

그렇다고 해서 다른 병원으로 옮긴 것은 아니고 그저 집으로 돌아왔습니다. 휴직계를 내고는 현미와 야채 중심으로 식단을 바꾸고, 좋아했던 술도 끊었으며, 몸과 마음을 충분히 쉬게 하면서 산책 정도의 가벼운 운동을 계속했습니다. 의료와는 무관한, 규칙적인 생활을 하는 데에 힘을 썼습니다.

그러자 어떻게 됐을까요.

의사들이 하나같이 커지긴 해도 작아지는 일은 절대로 없다고 단정한 환부가 서서히 작아졌습니다. 1년 후에는 둥근 만두 같던 크기가 탁구공 정도로까지 줄어들었습니다. 완전히 없어질지 아닐지는 아직 확실치 않습니다만 마음과 몸에 부담을 주지 않는 그런 생활을 계속하는 한은 죽음에서 벗어날 수 있지 않을까요. 다행히 최근에는 가벼운 일이면 다시 할 수 있을 정도로까지 회복되었습니다.

병을 불러들이는 태도를 뜯어고쳐라

일과 놀이를 우선시하는 무리한 생활을 그만두지 않으면 반드시 건강에 지장을 초래합니다. 스트레스를 술로 푸는 습관이 면역력을 더욱 떨어뜨려 몸이 악화되었다는 사실을 깨달았을 때에는 돌이킬 수 없는 지경에 이르렀다는 딱한 경우가 많습니다.

현내인은 진정 이렇게 살아도 괜찮은 것일까요. 마치 병에 걸리기 위해, 병을 불러들이기 위해 생활하는 것 같습니다. 이것이 풍요롭고 행복한 삶이라 할 수 있을까요. 사회 전체가 문명적인 삶과는 반대 방향으로 돌진하고 있다고밖에 볼 수 없습니다. 그렇게 비참하게 살기 위해 공부하고 일하고 노는 것일까요. 행복의 정의 그 자체가 잘못되었다는 점을 왜 아무도 모르는 것일까요.

거울 앞에 서서 자신의 얼굴을 찬찬히 들여다보십시오. 특히 눈을 봐 주십시오. 흐리멍덩하고 광채를 잃은 것이 진정 흐르는 세월 탓이라고만 생각하겠습니까. 요즘에는 어린아이들에게서도 반짝반짝 빛나는 눈동자를 찾아볼 수 없습니다.

그것은 죽은 사람의 눈입니다.

그것은 자립과 자율에 등을 돌리고 본능의 노예가 되

170

어 버린 사람의 눈입니다.

다행히도 당신은 튼튼한 장기와 낙천적인 성격에 힘입어, 암에 걸리지 않고 우울증에 걸려 자살하는 일 없이, 과로사하는 일도 없이 무사히 정년을 맞이할 수 있었습니다.

하지만 건강 그 자체라고 할 수는 없습니다. 해마다 나이도 한몫 거들어 몸은 이미 지칠 대로 지쳐 있을 것입니다. 진찰도 좋습니다만 그저 병원에 간다고 다 해결되는 것은 아닙니다.

적자 상태에서 벗어나지 못하는 일부 병원 입장에서야 당신들은 우려먹기 좋은 봉입니다. 진찰 결과의 수치를 보여 주면서 몸속 이곳저곳에 위험 신호가 켜져 있다고 지적하면 되는 일입니다. "이대로 집에 가시게 할 수는 없군요."라는 상투적인 협박 문구를 쓰며 "바로 입원하셔야 합니다."라고 단호하게 말하면 그뿐입니다.

환자가 있어야 비로소 의사가 있습니다. 병원은 자원봉사단체가 아닙니다. 요컨대 버젓이 장사를 하는 곳입니다. 의사란 직업은 손님을 가장 납득시키기 쉬운 직종입니다. 당신이 심하게 동요하는 것을 눈치채고는 이 병원에 맡기면 살아남을 수 있을지도 모른다며 다른 것을 선택할 기회를 차단해 버립니다.

그러면 내 건강은 내가 지킨다는 삶의 기본자세를 소

홀히 해 온 당신은 그들의 말을 전부 진실로 받아들이고 맙니다. 그들은 당신에게 고액의 치료를 받게 하거나 침대에 억지로 누워 있게 하거나 아니면 3개월마다 병원에서 쫓아내 이 병원 저 병원을 전전하게 함으로써 당신을 결국 진짜 병자로 만듭니다. 하지만 당신이 문득 정신을 차렸을 때에는 이미 제 발로 걸을 수 없는 가련한 상태에 빠진 뒤입니다.

병원이 병자를 만들어 내고 있다는 말이 결코 틀리지는 않습니다. 물론 모든 경우가 그렇다는 의미는 아닙니다. 완치되어 무사히 사회로 복귀한 사례도 많습니다.

애석하게도 병자가 되었을 경우 당신은 전신을 관으로 연결당하고, 온갖 검사에 시달리고, 난도질당하고, 심한 구역질과 탈모를 동반할 위험이 높은 약이나 방사선 세례를 받고, 무미건조하며 인간이 머물 환경이라고는 도저히 생각할 수 없는 병실에 가둬지는 길을 선택할 것입니까. 아니면 이런 것을 단호히 거부하고 다음과 같은 쪽을 택하겠습니까. 집으로 돌아가 우선은 몸과 마음을 충분히 쉬게 합니다. 식습관을 바꾸고, 술과 담배도 끊습니다. 혹시 의사가 예상한 대로의 경과를 거쳐 죽음에 이를지라도 그것은 그것대로 자연스러운 최후라고 해석하고 후회하지 않습니다. 당신은 어느 쪽을 택하겠습니까. 자신과 잘 상담하여 최종 결정을 하기 바랍니다.

잘 먹고 잘 생활하면 잘 죽을 수 있다

부부 둘이서 시골 생활을 하면, 별 외로움을 느낄 일 없이 오히려 유대감이 깊어질 것입니다. 하지만 당신 부부가 한날한시에 같이 죽는 그런 기적은 거의 일어나지 않습니다. 남겨진 사람이 겪는 외로움은 급속히 커져 견딜 수 없는 지경에 이를 것입니다. 친구와 지인이 많거나 혹은 모르는 사람들이더라도 주변에 사람이 많은 도시라면 아주 보통의 외로움으로 그치겠지만, 시골에서는 고독과 불안이 몇 배의 무게로 압박할 것입니다. 따라서 둘 중 누군가 먼저 죽게 되었을 때의 일도 미리 이야기를 나누어 결정해 둘 필요가 있습니다.

어떤 최후를 맞을 것인지 혹은 어떤 최후를 맞이하고 싶은지의 문제는 후반 인생에서 가장 중요합니다. 하늘을 한창 날다가 느닷없이 심장이 멎어 추락하는 새의 최후를 이상적인 종말로 기대하는 것은 전적으로 당신 마음입니다. 하지만 생각만으로, 어느 절에 가서 소원을 비는 것만으로 그렇게 될 수는 없습니다.

아침에 보니 누운 채 숨이 끊겨 있었다는, 참으로 부

러운 죽음을 맞이하기 위한 법칙이나 절차 같은 것이 있을 리 없습니다. 하지만 복권에 당첨될 확률보다는 크다고 생각합니다. 몸과 마음에 부하가 걸리지 않도록 노력하는 날이 쌓이면 보통의 갖가지 병에서 벗어날 수 있어 자연스럽게 늙어 죽게 될 가능성이 커질지 모릅니다.

폭음하고 폭식하는 즐거움은 무엇과도 바꿀 수 없다.

이것을 그만두면 사는 의미가 없다.

건강하면 뭐가 좋고 왜 오래 살려고 하는지 도무지 이해할 수 없다.

이렇게 말하고 싶은 마음은 이해합니다.

하지만 당신은 건강한 심신 상태가 어떤 것인지 피부로 느끼지 못하게 된 지 오래되었습니다. 그 때문에 어릴 적 살아 있는 것만으로 즐거웠던 그 감동을 까맣게 잊어버렸습니다. 그것을 유년이나 청년 시절의 특권에 지나지 않는다고 치부해 버립니다. 하지만 나이가 들면서 깊어진 권태감이니 무심함, 비관주의니 하는 것들은 실은 건강을 해친 데에 그 원인이 있습니다. 겉으로 보이는 쾌감만을 좇다 진정한 쾌감을 잊어 간 것입니다.

분명히 어린 시절에 맛본, 폭발적이라고까지 할 수 있는 삶의 즐거움에 비하면 늙어 가기 시작한 후의 즐거움은 몇 분의 1 정도도 되지 않습니다.

그렇지만 오히려 늙었을 때 가능한 한 모든 방법을 써서 건강을 확실히 유지하는 사람의 즐거움이야말로 진정한 삶의 희열입니다. 자신만 알 수 있는, 말로 설명할 수 없는 생명의 충만감을 느낄 수 있습니다.

덧붙이면, 눈빛이 죽어 있는 야생동물은 없습니다. 야생동물은 목숨이 끊어질 때까지 본래 눈빛을 잃는 법이 없습니다. 이것이야말로 당연한 생명의 자세라고 할 수 있습니다.

13장

불편함이 제정신 들게 한다

'한계 부락'이란 말로 무자비하게 불리는 곳이 늘고 있습니다. 머지않아 소멸의 아픔을 겪을 가능성이 아주 큰 인구 과소 지역입니다. 지방에서는 어떻게 해서든 인구를 늘려 이 붕괴 현상을 막으려고 기를 씁니다. 일례로 도시에서 이주자를 불러들이는 것입니다.

임업을 부활시키기 위한 자금도 투입하고, 거주할 땅을 무료로도 빌려 주고, 취직도 알선해 주고, 때로는 집까지 준비해 주는 등 상당히 노력을 기울입니다. 하지만 이렇다 할 결정적인 수단이 없어 생각대로 진척이 되지 않는 모양입니다.

그 원인은 많은데, 가장 큰 이유는 한촌 모습이 반죽음 상태로 너무 피폐해 보여서입니다. 도시인이 꿈꾸던 시골 이미지와 동떨어진 풍경 때문일 것입니다.

빈집과 노인만이 눈에 띄고, 어디에서도 발랄한 분위기나 활기는 찾아볼 수 없습니다. 전혀 손질이 되지 않은 동네 야산은 마녀가 사는 집처럼 무시무시하고, 절벽은 계속 무너져 내려 속이 훤히 드러나 있고, 산에는 뱀이며 도마뱀이 우글거립니다. 정기 버스 노선은 오래전에 없어졌고, 교통수단이라야 자가용이나 마을에서 운영하는 소형 버스뿐입니다. 가장 가까운 슈퍼마켓까지 오가는 데 한두 시간이나 걸립니다. 이런 상태라면 모처럼 도시에서 불러들인 시찰자들 마음을 사로잡지 못하는 것도 무리는 아닙니다.

멋진 별장도 살다 보면 그 정도는 아니다

도시 사람들이 간구하는 시골이란 곳은, 전원 지대니 삼림 지역이니 오래된 민가니 같은 말로 상징되는 목가적인 공간이 아니면 안 됩니다. 아름답고 정겨울 뿐만 아니라 어느 정도 편리해야만 합니다. 요컨대 도시 생활의 연장선상에 있는 듯한 곳이라고나 할까요.

편리함을 당연한 것으로 여겨 온 도시 사람이 참된 시골 생활을 할 리 만무합니다. 나들이하기 좋은 데고 더욱이 아주 화창한 계절에 사전 답사를 왔더라도 그 주변이 깔끔하게 정돈되어 있지 않으면 금세 외면하고 말 것입니다.

그래서 도시와 시골 양쪽의 좋은 점을 겸비한 중간적인 생활 공간이 만들어집니다. 별장지가 그 대표적인 예입니다. 도로를 닦고 전기·수도·하수도 설비를 갖추는 것은 물론, 도시 사람들 취향에 맞지 않는 수목은 배제하고 자작나무며 벚나무 같은 보기 좋은 나무들을 심습니다. 관리사무소에는 1년 내내 관리하는 사람이 상주해 애로 사항이 생길 때마다 곧바로 달려와 해결

합니다. 눈이 많은 지역에서는 제설 작업까지 해 줍니다. 관리비를 낼지언정 편리함은 그 무엇과도 바꿀 수 없는 것입니다.

그런 곳에서는 지역 주민과 성가시게 교류해 난처할 일도, 타지 사람 취급을 받을 일도 없습니다. 또한 자연이 멋진 곳만을 자신의 이미지에 맞춰 차지할 수 있어, 평온함과 고요함, 약간의 우월감을 손에 넣을 수 있습니다.

시골 생활을 막연히 동경하는 도시 사람에게는 이러한 별장지가 무난하지 않을까요. 약간 땅값이 비싸고 관리비를 무시할 수 없더라도, 이주했다가 금방 도망쳐 나오는 사태에 처할 확률이 크게 작아질 것은 틀림없습니다. 어떤 절박한 사정 탓에 집과 땅을 처분해야 할 때에도 살 사람이 비교적 쉽게 나타날 것입니다.

하지만 꼼꼼히 짚어 보지 않으면 안 되는 것이 있습니다. 별장지가 제대로 된 부동산 중개업소의 관리하에 있는 것인지 아닌지 하는 점입니다. 팔 만큼 팔고 그 이후에는 방치하는 최악의 별장지를 이곳저곳에서 봅니다만 싼 맛에 이끌려 그런 곳을 선택하면 나중에 분명히 피눈물을 흘리게 될 것입니다.

속아서는 안 됩니다.

처음에는 멋졌던 어느 한 부분도 관리가 미치지 않으

면 잠깐 사이에 황폐해져 덤불로 바뀌어 갑니다. 아스팔트 노면은 금이 가고, 배수로는 썩은 낙엽과 진흙 따위로 가득 차 물이 넘칩니다. 자작나무며 벚나무에는 벌레가 끓어 시들고 맙니다. 잡초와 잡목만 무성해지고, 제설 약속은 완전히 휴지 조각이 됩니다. 어디에도 하소연할 수 없는 최악의 결과를 맞는 경우가 적지 않습니다.

문득 정신을 차렸을 때 당신은 농지로도 택지로도 적합하지 않은, 형편없는 황무지에 내던져져 있는 자신의 처지에 깜짝 놀랄 것입니다. 계속 집이 지어질 예정이라고 해서 이사 올 사람들과 어떻게 지낼지를 설레며 기다리고 있었는데, 아무리 시간이 지나도 주위가 공터로만 있는 상태에 애가 타기 시작합니다. 고독의 지옥에 떨어지고 나서야 비로소 생애 최대의 실수를 깨달을 것입니다.

전국적으로 이름난 부동산 중개업소가 판 것이고 이미 누구나 알고 있는 별장지라 하더라도 당연히 예외는 있습니다. 시대의 흐름과 경제의 변화라는 큰 파도에 휩쓸려 값어치가 떨어져 버리는 경우도 있습니다.

머지않아 분명 도시를 덮칠 대지진이 무서워 그 별장지를 선택했더라도 그곳에는 그곳 나름대로 언제 분화할지 모를 화산이 떡하니 자리 잡고 있고, 홍수를 가져

올 하천이 가로지르고 있기도 합니다.

부자들 사이에서 한때 유행했던 짓궂은 농담이 있습니다.

"애인과 별장은 손에 넣을 때까지가 재미있다. 가지고 나면 귀찮기만 할 뿐이다."

이를테면 유지 관리를 확실히 해 주는 별장지라 하더라도 다른 문제는 생깁니다. 그곳에 1년 내내 살고 있는 사람들과, 여가를 보내려는 생각만으로 찾아오는 사람들 사이에서 분쟁이 생기는 것입니다.

한쪽이 원하는 것은 안정된 조용한 생활.

다른 한쪽이 원하는 것은 마음껏 스트레스를 풀 수 있는 여가 활동 공간.

이래서는 완전히 물과 기름이 되어 정이 들 리 없습니다. 또한 이주자들 사이에서 알력이 생겨 분열하고, 파벌이 생기고, 급기야 상당히 심각한 다툼으로까지 발전하고 말았다는 이야기도 종종 듣습니다.

별장지는 대부분 숲속에 있습니다. 고객들이 그런 분위기를 동경하기 때문으로, 다른 이유는 없습니다. 수목 지대는 곧 삼림욕이라는 의미를 갖고 있고, 도시에서는 일단 불가능한 동화 같은 세계를 연상시키기 때문일 것입니다. 하지만 현실적인 측면에서 보면 숲속에서 사는 것이 당신이 생각하는 것만큼 건강에 좋지는 않습니다.

우선은 습도가 높은 점에 놀랄 것입니다. 이것은 전적으로 햇볕이 잘 들지 않는 데에 그 원인이 있습니다. 빨래가 잘 마르지 않는다. 이불이 마르지 않는다. 곰팡이가 슨다. 진드기 퇴치에 애를 먹는다. 한밤중에 나무 위를 날아다니는 날다람쥐 울음소리가 완전히 요물이 절규하는 소리로 들려 잠을 이룰 수가 없다. 음식물 쓰레기 맛을 본 곰이 어슬렁거려 겁이 난다. 야생원숭이가 주방을 마구 어지럽힌다. 이런 점들도 걱정이지만, 가장 겁나는 것은 화재가 일어났을 때입니다. 전원 지대와 달리 불이 나무들을 잽싸게 타고 와 순식간에 번집니다. 시골에서는 소방차 수가 적어 큰 화재로 발전하기 쉽습니다.

불편함이 치유다

별장지로 도망쳐 들어가든, 지역 주민이 사는 곳으로 편승해 들어가든, 시골 생활에서 필수적인 것이 자가용입니다. 화면이 큰 액정 TV보다도 우선은 자동차를 손에 넣지 않으면 안 됩니다. 당연히 운전면허증도 따 놓아야 합니다. 당신 혼자 운전할 줄 알면 그걸로 된다는 것이 아니라 배우자에게도 운전면허증이 필요합니다. 당신이 병이나 부상으로 움직일 수 없고 그것이 중대한 사태일 경우 구급차를 부르면 되지만, 그 정도가 아닐 때에는 당신들 힘으로 어떤 조치를 취하지 않으면 안 되기 때문입니다.

요즘은 환경을 많이 생각하고 그런 일에 심취해 자전거만으로 어떻게든 해 보려고 하는데 무리가 있습니다. 일이 있을 때마다 읍내에서 택시를 부르는 방법도 있습니다만 거리가 멀어 상당한 찻삯을 각오하지 않으면 안 됩니다.

시골에서는 내 일은 내 힘으로 한다는 강한 마음가짐과 체력이 필요합니다. 이주하고 나서 도시의 편리함과 비교하며 불평을 해 본들 소용이 없습니다. 어떤 것이든 스스로 해내는 것을 즐거워하지 않으면 굳이 불편한 곳에서 살 의미가 없을 것입니다.

불편함이, 너무 편리한 도시 생활로 흐늘흐늘해진 당신 심신을 단련시켜 줍니다.

불편함이, 당신 뇌를 계속 지배해 온 싸구려 이미지를 말끔히 제거하고 가혹한 현실과 대치하는 묘미를 알게 해 줍니다.

불편함이, 당신 정신을 본래로 돌려줍니다.

불편함이, 당신 모습을 본래로 돌려줍니다.

이렇게 발상을 전환할 수 있는 사람이 아니라면 시골 생활을 단념하는 편이 좋습니다. 아무리 오기로 버텨 보려 한들 소용이 없습니다.

운전을 해도 그야말로 둔해져 가는 반사신경과 운동 능력 탓에 편리한 자가용이 흉기로 바뀔 확률이 점차 커집니다. 운전 경력이 많고 아무리 무사고·무위반 기간이 길다고 자랑해 보았자 그 상태가 계속되리라는 법은 없습니다. 사신만이 아니라 다른 사람까지도 다치게 할 수 있습니다. 예를 들어 고속도로에 잘못 들어가 역주행하는 일이 일어날 수 있습니다. 그런 일로 여생을 헛되게 하는 비극에 말려들기 전에, 운전면허증 갱신 때 그 지역 경찰이 반환을 권하면 순순히 따르십시오.

차를 몰지 않게 되었을 때에는 일주일에 한 번 몰아서 장을 보고, 그때만 택시를 이용합니다. 한 달에 네다섯 번 타면 자가용 유지비보다도 덜 들지 모릅니다. 거리에 따라 다르기는 하지만….

천국이나 극락으로는 이주할 수 없다

아무리 어떻게 해 보려 해도 나이를 먹어 가는 것은

막을 수 없습니다. 당신들은 점점 시골에 맞지 않는 존재가 되어 갑니다.

마침내 당신과 배우자가 모두 택시도 탈 수 없을 정도로 다리와 허리가 약해져 움직일 수 없게 되었을 때 당신은 어떻게 하겠습니까.

아들 부부를 불러들이거나 딸 부부 집으로 굴러들어 가겠습니까.

아니면 지방자치단체의 불충분한 간호 서비스를 받거나 유료 서비스에 기대겠습니까. 그것도 아니면 적절한 비용을 내고 노인요양소로 옮기겠습니까.

그 어느 것도 당신이 마음속에 그려 온 이상적인 최후와는 거리가 멀 것입니다. 이런 허무함을 맛보기 위해 지금까지 살아왔나, 행복을 위해 온 힘을 다해 살아온 결과가 이것인가, 두 번 다시 이 세상에는 태어나지 않겠다며 비참해할 것입니다.

기력을 잃어 가면서 노인성 우울증은 깊어지고, 자살을 암시하게 되고, 정말로 스스로 목숨을 끊기도 합니다. 그렇지 않으면, 이상한 종교에 의지합니다. 신자들끼리 돕는 것을 신과 부처의 힘이라고 착각하고, 구원을 받았다고 오해합니다. 지금까지 자신에 의지하면서 살아온 삶은 오만하고 잘못된 것이었다고 생각합니다. 전 재산뿐만 아니라 침범할 수 없는 개인의 혼마저 빼앗겨 버립니다. 천국이나 극락으로 이주하는 것밖에 기대할 것이 없게 되고, 몸도 마음도 생기를 잃어 존엄이라고는 찾아볼 수 없는 노인에 불과하게 됩니다. 교주와 그 추종자들의 배를 불려 주는 도구로서 역할을 마치자마자 이 세상의 지옥으로 내던져지는 것입니다.

이상하지 않은 종교가 하나라도 있다고 생각하십니까.

모든 종교가 사람의 약점을 이용해 악덕한 상술을 부리는 게 아닐까 하며 의심을 품어 본 적이 한 번도 없습니까.

금전 문제와 전혀 얽혀 있지 않은 종교란 하나도 없다는 것은 엄연한 사실입니다. 고귀함과 거룩함으로 위장한 온갖 명목으로 끌어들인 자금이 올바르게 쓰이는 일은 세금과 마찬가지로 절대로 있을 수 없습니다. 위에 있는 무리들이 속여 슬쩍 가로챕니다. 교양에 반하는 세속적인 '좋은 생각' 따위를 탐하고, '내 생의 봄날'을 구가하는 것이 부정하기 힘든 현실입니다.

종교 활동을 열심히 하는 사람은 크게 두 부류입니다.

하나는 의심할 줄 모르는 부류입니다. 현실을 직시하지 못하고, 자신의 힘으로 살려고 하지 않으며, 소심하고 비겁하며 태만하고 어리석은 사람.

또 하나는 교활하게 다른 사람을 속이고 이용하는 일

만 생각하는 부류입니다. 입만으로 세상을 살아 요상한 지위에 오르는, 냉혈한 성격 파탄자.

따라서 가장 손해를 보는 것이 전자임은 말할 나위도 없습니다.

환상의 세대에 속하는 당신은 불편한 시골 생활과 혹독한 자연에서 배운 것을 통해 나약한 마음에 달라붙어 있는 겉치레 이미지를 조금씩 떨쳐 내 왔습니다. 이제 겨우 자리를 잡아 가려는데 죽음에 대한 불안과 공포를 이겨 내지 못해 원점으로 돌아오고 말았습니다. 새롭고 가장 강력한 이미지인 신과 부처에 의한 구제에 맥없이 유린당해 말년에 상처를 내고 맙니다. 진정한 자신을 되찾기 위한 절호의 마지막 기회를 스스로 저버린 것입니다.

진정으로 스승이라고 할 수 있는 이라면, 방황하는 사람들이 하소연해 올 때 그 상황을 모면하기 위해 그들을 안이하게 끌어안는 술책은 분명 피합니다. 수행 장소를 제공하지도, 수행 방법을 결코 전수하지도 않을 것입니다. 그렇게 하면 홀로서기 정신을 완전히 못 쓰게 만들고 만다는 것을 알고 있기 때문입니다. 더욱이 금전 따위를 바라는 일은 결코 있을 수 없습니다.

교주로 숭배받고 힘들이지 않고 돈도 왕창 벌려는 괘씸하기 짝이 없는 악당들은 당신 주변 여기저기에 신

과 부처의 환영을 심어 놓습니다. 있을 리 없는 은총을
슬쩍 드러내 보이면서 당신의 고민에 진지하게 귀를
기울이고 도와줍니다. 마치 구원받을 방법을 전수할
것처럼 행세합니다. 그로 인해 당신 마음의 고통은 모
르핀 주사를 맞았을 때처럼 잠시 누그러집니다. 하지
만 머지않아 그것에 의존하는 폐인으로 전락하여, 결
국은 상대방의 의도대로 되는 '보시 로봇'으로 변해 갑
니다.

진정한 스승이라면 구원을 얻으려고 온 사람들에게
실로 간명하고 냉정한 인상을 주는 말들을 할 것입니다.

자신을 진정으로 구제할 수 있는 것은 자신이지, 결
코 다른 누군가가 아니다.
진심으로 자신을 구제하고자 하는 마음이 있다면 다
른 사람에게 도움을 청하는 행동은 하지 않을 것이다.
정도는 달라도 그 힘은 누구나 가지고 있을 것이다.
자신을 미더워하지 못하는 사람, 자신을 약한 사람
으로 단정해 자기 외의 사람에게 의지하려는 사람은
죽을 때까지, 아니 죽어서도 구원을 받지 못할 것이다.

이렇게도 말할 것입니다.

190

혹 신과 부처 같은 존재가 실제로 있더라도 그것은 당신 자신을 가리키는 것 이외에 그 어떤 것도 아닐 것이다.

신이나 악마가 있다면 그 어떤 것도 당신 자신임에 틀림없을 것이다.

요컨대 어느 쪽을 택할지는 당신의 의지에 달려 있다.

정에 흔들리지 않고 본능에 빠지지 않으며 의지력을 성실히 발휘하는 것이야말로 신이며 부처이고, 그 반대의 힘은 악마이며 괴물이라는 사실을 깨달을 것이다.

이 유일하고도 절대적인 진리에 대해서는 어느 누구도 이견을 달지 않을 것이다. 이견을 내놓는다면 그것이 그가 사기꾼이나 악당의 무리라는 가장 확실한 증거이다.

죽음의 시기는 자신다워질 마지막 기회

점점 다가오는 죽음의 시기는 당신이 최후의 최후까지 진정한 당신으로 있을 수 있는지 없는지를 시험하는, 인생에서 가장 중요한 때가 아닐까 생각합니다.

정년퇴직하기 직전까지 당신은 일을 하지 않으면 살아갈 수 없다, 먹고살 수 없다, 가족을 부양할 수 없다는 강박관념에 내몰려 독립된 인간이라면 갖고 있어야 할 갖가지 조건을 남김없이 잘라서 팔아 왔습니다. 긍지, 자존심, 자유, 존경 등과 같은 인간으로서 갖고 있어야 할 보물을 몽땅 다른 사람과 조직에 싼값에 팔아 온 것입니다.

그러다 어느 날, 틀에 박힌 위로의 말과 며칠이면 말라 버릴 꽃다발과 오랜 세월에 걸쳐 무참히 짓밟혀 온 것에 비하면 너무 적은 퇴식금을 받고, 내일부터는 자신의 생각과 판단만으로 살아가지 않으면 안 되는 혹독한 상황으로 내몰린 것입니다.

당신이 갈피를 못 잡는 것도 무리는 아닙니다. 당신은 늘 누군가의 보살핌을 받으면서 어린아이의 정신 그대로 살아왔습니다. 자신을 단련할 기회를 얻지 못하고 느닷없이 노후의 세계로 끌려 들어온 것입니다. 마치 길을 잃은 아이처럼 몰골사나운 반응을 보일 수밖에 없을지 모릅니다. 이제 앞으로는 돈과 건강과 배우자의 애정 말고는 의지할 곳이 없다는 고민도 당연한 결과일 것입니다.

하지만 당신은 강력한 조력자의 존재를 잊고 있습니다.

그것은 바로 당신 자신입니다.

당신은 강한 사람이 아닐지 모릅니다. 그러나 당신

이 생각하는 정도로 약한 사람도 아닙니다. 자신의 모든 것을 다른 사람에게 맡기고 떠넘기며 살아온 오랜 세월의 계산서를 깔끔히 정산만 하면 거기에서 본래의 진정한 당신이 분명 떠오를 것입니다.

이런 방향으로 자신을 이끌어 가는 것이야말로 진정한 인생 2막입니다. 동물의 한 종으로 태어나 꼭두각시로 살아왔습니다. 후반 인생에서라도 인간으로 살다 죽어 갈 길을 찾을 수 있다면, 이것은 당신이 살아오면서 이룬 가장 큰 공적이 될 것입니다. 이 세상을 산 증거이자 가장 멋진 추억이 될 것입니다. 더할 나위 없는 희열도 맛볼 것입니다.

그러자면 과연 어떻게 하면 좋을까 하고 결코 묻지 말기 바랍니다. 해답은 당신 안에 숨겨져 있습니다.

당신다운 해답을 찾아냈을 때부터 당신은 몰라볼 정도로 변해 갈 것입니다. '틈이 나는 대로 행사를 죄다 보러 다니고, 화제가 된 책을 몽땅 섭렵하고, 유행하는 취미를 모조리 따라 하'는 따위의 일은 하지 않을 것입니다. 대중매체가 만들어 낸 정의와 악의 허상에 온통 세뇌당하고, 국가권력이나 근거 없는 충성에 농락당하지 않을 것입니다. 필요 이상으로 늙음이나 죽음을 두려워하는 일도 없어질 것입니다.

그렇게 되면, 유행이나 환상으로서가 아닌 현실에

발을 디딘 기쁨과 감동을 느낄 수 있는 시골 생활을 할 수 있게 될지 모릅니다.

이것은 아주 당연한 사실입니다만, 도시와 마찬가지로 모든 시골을 하나로 뭉뚱그려 다룰 수는 없습니다. 지역마다 다르기 때문입니다.

일찍이 다른 시골로 가려고 진지하게 고려하고 있었을 때 참으로 우연히 멋진 시골과 마주한 적이 있습니다. 이것도 아니냐, 서섯도 아니냐며 까다롭게 군 스스로가 부끄러워지고, 나 같은 때 묻은 인간이 쉽게 이주해서는 안 되겠다는 생각이 들 정도였습니다. 자금 문제로 실현은 못했지만 거기로 가지 못했다고 해서 유감스러웠던 적은 없습니다.

이유는 두 가지입니다.

하나는 잘못 판단했을 경우 마음의 상처가 얼마나 깊을까 하는 점입니다.

또 하나는 제가 아무래도 그곳 주민들처럼 마음 고운 사람이 되지 못할 것 같고, 그 때문에 부담감과 열등감에 시달리다 일생을 마칠 것 같았기 때문입니다. 그것은 비참한 일입니다.

좋은 일이건 나쁜 일이건 오랜 시골 생활이 저의 몸과 마음을 단련해 준 것은 틀림없는 사실입니다. 도시에서 그 세월을 보냈다고 상상하면 절로 오싹해집니

다. 아마도 천박하고 경솔한 이미지의 소설밖에 쓸 수
없는, 일회용 작가로 소멸되었을 것입니다.

　진정한 빛은 칠흑 같은 어둠 속에서만 빛납니다.
　진정한 감동은 현실의 고단함 속에서만 만날 수 있
습니다.

현실과 대치하며 사는 법

일이나 인간관계가 제대로 풀리지 않을 때 문득 꿈꾸는 것이 있습니다.

이곳이 아닌 어딘가로 이사해서 새로운 생활을 시작하고 싶다. 가능하면 물도 공기도 경치도 좋고, 조용한 곳이 좋다. 그러면 몸과 마음이 모두 가뿐해지고 다시 태어난 것 같은 기분이 들어 어떤 일이든 순조롭게 풀려 가지 않을까.

물론 그것은 섣부른 환상입니다. 일이 제대로 풀리지 않는 것은(특히 저처럼 개인 작업을 많이 하는 직종일 경우는) 대개는 본인의 게으른 습관이 원인이라 사는 곳을 어디로 옮기든 극적인 효과는 기대할 수 없습니다. 인구 밀도가 낮을수록 인간관계의 어려움이 줄어든다고 확신하는 것도 단순한 생각입니다.

이런 엄연한 사실을 마루야마 겐지는 하나씩 규명합니다. '이래도, 이래도' 하며 냉혹한 현실을 눈앞에 들이대 "한껏 시골 생활에 꿈과 희망을 품고 있었는데, 찬물 끼얹고 있네." 하고 화를 낼 분도 있을 것입니다.

하지만 저는 "아, 그렇구나." 하고 거듭 끄덕였습니다. 실제로 살아 보지 않으면 알 수 없는 점에 대해 꼼꼼히 충고를 하고 있다고 느꼈습니다.

저는 도쿄에서 태어나 자랐습니다. 다른 지역에서 산 적이 없습니다. 하지만 어릴 때 조부모님이 깊은 산속에 사셔서 시골 생활을 엿볼 기회는 있었습니다.

시냇물은 물놀이를 할 수 있을 정도로 맑고, 논에는 무수한 반딧불이가 이리저리 날아다녔습니다. 첩첩한 산등성이를 저녁놀이 에워싼 풍경은 황홀했습니다. 어린 마음에도 가슴이 설레는 곳이었습니다.

하지만 한편으로는 어린애인 저도 알 수 있을 정도로 인간관계에 담이 없었습니다. 그것은 때로 '감시'라고 해도 좋을 만큼 심신을 성가시게 했습니다.

그런 마구잡이식 인간관계만은, 익숙하지 못한 사람에게는 참으로 당황스러울 것 같았습니다. 자신이 서 있는 위치를 제대로 파악한다면 인간관계에 담이 없는 것이 미더움으로 바뀌기도 하겠지만요(시골에서 주변 사람들과 어떻게 접해 가면 좋을지 이 책에 자세히 쓰여 있습니다).

　각 장소의 분위기에 따라 다르겠지만, 조부모님 집에 잠깐 있는 동안에도 알아차릴 정도로 시골 생활은 참으로 힘들고, 섬세하고 강인한 신경을 필요로 합니다. 시골에 지나친 이상을 품기 전에 부디 이 책을 읽고 유심히 이모저모를 생각하며 신중하게 준비해 나가기를 바랍니다.

　저만 해도 진원 지내가 조용한 것은 농한기에 한정된다든지 산업폐기물에 오염되어 있는 곳도 있다는 사실은 이 책을 읽기 전까지 전혀 생각지 못했습니다.

　어디에 살든 인간의 고민과 욕망은 끝이 없습니다. 도시든 시골이든 좋은 부분과 나쁜 부분이 새끼줄처럼 뒤엉켜 하나를 이룹니다. 풀어서 '좋은 면만 가로채기'란 불가능합니다.

　시골 생활을 꿈꾸는 사람에게 마루야마는 경고합니다. 그 자세는 참으로 진지하고, 때로 냉철하기조차 합니다. 너무 진지해서 절로 폭소를 터트리게 한 부분도 여러 군데 있습니다. 엄숙한 장례식장에서 긴장과 슬픔이 극에 달해 예기치 않게 웃음 발작에 걸려 버리는 상황과 비슷할지 모르겠습니다.

　예를 들면 〈깡촌에서 살인사건이 벌어진다〉는 장입니다. 이주자들 집은 동네에서 떨어진 곳에 있는 데다

198

시골에서는 어떤 일이 일어나도 곧바로 도움을 청할 수 없습니다.

이런 상황을 예측하고 강도가 오는 경우도 있다고 마루야마는 경고합니다. 강도에 대처하는 법은 "침실을 요새화"하는 것입니다.

이 시점에서 '그렇게까지 해야만 하나….' 하고 겁이 나지만, 한발 나아가 마루야마는 "무기"까지 준비하라고 조언합니다.

도움이 될 만한 무기는 창입니다.

아, 창! 죄송하기 짝이 없습니다만, 예상 밖의 너무나 진지한 충고에 저는 그만 정적이 흐르는 밤에 폭소를 터트리고 말았습니다. 창을 손수 만들어 준비하라(나아가서는 상대를 죽일 수 있다는 각오로 찌르는 연습을 하라고도 합니다)고 하지만, 직접 만들었더라도 창을 소지하고 있으면 위법은 아닐까 하는 걱정이 들기도 했습니다.

그러나 무법자가 침실에 침입해 올 우려가 있는 한, 이쪽도 법률 따위에 신경 쓸 처지는 아닐지 모른다는 생각도 들어 어떻게 해야 할지 막막하기만 했습니다.

일단 강도짓을 하려는 못된 무리는 반드시 이 책을 읽어 주기 바랍니다. 아울러 도시와 시골을 불문하고, 무고한 주민은 현관 앞에 이 책을 걸어 두는 게 어떨까요. 그러면 강도들이 '이 집, 창을 준비해 뒀군.' 하고 경계하며 범죄를 억제하지 않을까요.

'이 책＝범죄 예방을 위한 부적.' 도쿄 사막(?)에서 혼자 생활을 하는 데다 창을 만들 손재주도, 더욱이 순간적으로 창을 다룰 운동신경도 없는 저로서는 최소한 이 책으로라도 범죄에 대비해야겠구나 생각했습니다.

마루야마의 발상이나 자세를 '아무래도 너무 비관적이고, 고약한 상상을 너무 많이 하게 하지는 않는가' 하고 느낄 분도 있을지 모릅니다. 하지만 저는 '마루야마는 역시 참된 소설가구나'라고 느꼈습니다.

만난 적이 있는 소설가는 극히 적지만(그중에 마루야마는 포함되어 있지 않지만) 그들은 대체로 나쁜 상상을 하게 만드는 데에 탁월합니다. 세상에 대해 낙관적인가 비관적인가를 따지면 아무래도 비관적인 사람들입니다.

사건이나 마음의 움직임을 나쁜 쪽으로 몰아가 최악의 사태를 극명하게 상상하고서는, '아아' 하고 제멋대로 비탄에 잠기고 분노하는 일이 많습니다(이처럼 보입니다). 마이너스 방향으로 마구 달리는 상상력(거기에서 일어나는 비탄과 분노도)을 창작의 양식이자 기폭제로 삼습니다.

모순되는 듯하지만, 마이너스 방향으로만 폭주해서는 결코 창작을 할 수 없습니다. 대부분 소설가는 정작 폭발을 일으키면 이번에는 일전하여 희망과 이상을 믿

200

으려 합니다. 최악의 사태에서 벗어나기 위한 희망과 이상을 어떻게 해서든 문장으로 묘사해 내고자 합니다.

요컨대 비관과 낙관, 절망과 희망의 틈에서, 늘 지나칠 정도로까지 발버둥치는 것이 소설가의 습성입니다.

마루야마 겐지는 소설 표현의 깊이와 높이의 최고점에 도달하는 데에 뜻을 두고 있고, 실제로 작품들을 통해 새로운 세계를 개척하고 있는 작가입니다.

잘 다듬어진 문장, 참신하고 실험적이면서 보편성도 내포한 이야기는 읽는 이의 심금을 울리고 영혼을 뒤흔듭니다. 마루야마 소설을 한 편이라도 읽어 본 분은 창작에 대한 냉엄한 자세와, 읽는 사람을 결코 배신하지 않는 성실함을 느꼈을 것입니다.

이 책에서도 마루야마의 생에 대한 각오와 준엄함, 성실함을 느낄 수 있습니다. '수제 창을 준비해라' 부분에서 저는 분명 폭소를 터트리고 말았지만, 곧바로 그 정도의 준엄함과 각오로 살고 있느냐고 자문했습니다. 뒤룩뒤룩 살이 찔 처지가 아니라고 되뇌며 몇 번이나 반성하고, 살찐 몸이 부끄러워 작아지는 느낌이 들었습니다.

비관과 준엄함 저편에서 마루야마가 무엇을 보고, 무엇을 지향하고 있는지는 이 책 마지막 두 줄을 읽으면 확실해집니다.

진정한 빛은 칠흑 같은 어둠 속에서만 빛납니다.

진정한 감동은 현실의 고단함 속에서만 만날 수 있습니다.

이 책은 지금을 살아가는 모든 사람에게 그야말로 급소를 도려내는 창의 날카로움으로 물음을 던집니다. 성말로 신지하게 살고 있는가. 증오와 절망을 억누르면서도 희망을 잃지 않는 강인함과 각오를 지니고 있는가.

사는 곳이 도시든 시골이든, 시골 생활을 꿈꾸고 있든 아니든 이 책이 던지는 물음 앞에서는 모두 같은 처지입니다.

어디에서 살고자 하든 한결같이 진지하게 살고, 바깥 세계와 대치할 각오를 해야 합니다.

진정 빛나는 삶을 살고자 한다면 이외의 길은 없다고 이 책은 일러 줍니다.

미우라 시온(소설가)

시골은 그런 것이 아니다

초판 1쇄 발행 2014년 3월 20일
개정판 1쇄 발행 2024년 11월 29일

지은이 마루야마 겐지
옮긴이 고재운

펴낸곳 (주)바다출판사
주소 서울시 마포구 성지1길 30 3층
전화 02 - 322 - 3675(편집) 02 - 322 - 3575(마케팅)
팩스 02 - 322 - 3858
이메일 badabooks@daum.net
홈페이지 www.badabooks.co.kr

ISBN 979-11-6689-312-4 03800